neue frau
herausgegeben von
Angela Praesent

Vilma Link
Vorzimmer

Rowohlt

1.–25. Tausend Juni 1979
26.–38. Tausend Januar 1980
39.–48. Tausend April 1981

Originalausgabe
Veröffentlicht im Rowohlt Taschenbuch Verlag GmbH,
Reinbek bei Hamburg, Juni 1979

Umschlagentwurf Isa Petrikat-Velonis
Gesetzt aus der Garamond (Linotron 404)
Gesamtherstellung Clausen & Bosse, Leck
Printed in Germany
480-ISBN 3 499 14382 8

Die rororo-Reihe «neue frau» legt erzählende Texte aus den Literaturen aller Länder vor, deren Thema die konkrete sinnliche und emotionelle Erfahrung von Frauen und ihre Suche nach einem selbstbestimmten Leben ist. Die monatlich erscheinenden Bände wenden sich an alle, die mit Spannung verfolgen, wie sich die Beziehung der Geschlechter und das Selbstverständnis der Frau wandelt.

I

Es gelang mir damals fast immer, beim Aufwachen nicht sofort ans Büro zu denken. Ich hatte gelernt, den Grund für das frühe Weckerrasseln noch für kurze Zeit aus meinem Bewußtsein herauszuhalten und mich ganz dem auszuliefern, was dieser Augenblick für mich bereithielt: Bewegungsunfähigkeit meines erschrockenen Körpers und ein Dröhnen und Beben, das aus den Mauern der Stadt selbst zu kommen schien, so sehr und so endgültig waren sie davon erfaßt. Aus den Mauern stieg es über die Dächer, fiel von dort in jeden Raum und auf jeden Gegenstand und erreichte mich über den stillen Hinterhof durch ein leise klirrendes, unaufhörliches Zittern der alten Balkontür.

An diesem Morgen regnete es nicht. Sonst hätte metallisches Klopfen auf der verrosteten Bodenplatte des Balkons wie ein Perlenvorhang vor der dröhnenden Glocke des Straßenlärms gehangen. Das Fehlen dieses Geräusches bedeutete aber nicht, daß das Wetter schön war, sagte nichts aus über die Farbe des Himmels, über Temperatur und Wind in der großen Stadt. Um aufstehen zu können, mußte die Bewegungsunfähigkeit umgewandelt werden in den Willen, den Körper wieder sinnvoll einander zugeordnete Bewegungen ausführen zu lassen: Augen, Hände, Füße wieder in Besitz nehmen. Sie sollten wieder meinen Befehlen gehorchen, für mich arbeiten. Noch durften sie schwerwarm und bedeckt daliegen, ich gewährte ihnen eine Frist zwischen Wecken und Aufstehen. Ihr Wohlbefinden drang in mein Bewußtsein, das sich später im Lauf des Tages ihrer kaum erinnern würde. Die Wärme des Bettes umgab uns wie weichgewordener Lack.

Probebewegungen. Meine Glieder an geordnetes, zweckmäßiges Hin und Her, Auf und Ab gewöhnen. Ich bringe die Zehen zum Knacken, kreise mit den Füßen, ziehe die Knie an, strecke die Beine ganz lang, schnippe mit den Fingern, balle die Hände zur Faust. Ihr werdet einen ganzen Achtstundentag lang viel für mich tun müssen. Ich will gut zu euch sein, euch verwöhnen, versöhnen damit, daß ich euch wieder bewußtlos mißbrauchen werde. Meinen Augen gebe ich Ruhe hinter geschlossenen Lidern, ehe ich sie langsam-langsam an diesen Tag gewöhne.

Durchs Bad kroch schon ein Schimmer von Tageslicht, aber es reichte nicht, ich mußte die Lampe über dem Waschbecken anknipsen. Blinzelnd im fahlen Neonlicht, ließ ich die Kälte der Kacheln, der verchromten Wasserhähne gegen meinen Körper prallen. Einen weiteren Augenblick lang stand er im Mittelpunkt meines Interesses. Das verdankte er jetzt nicht mehr der wohligen Wärme des Bettes, sondern der sauberen Kühle des Badezimmers. Sie drang nicht sosehr durch die Haut als vielmehr durch die Augen, die nur Glätte sahen. Die sogenannten warmen Farben von Kacheln lügen.

Ich dachte an Holz beim Anblick der Kacheln. Warmes, rauhes Holz unter den Füßen, Holz im Ofen knisternd, hölzerne Bottiche, Tische und Stühle und Menschen darauf. Viele Menschen in einer dampfenden duftenden Badestube aus Holz.

Ich muß meinen Körper in einem gekachelten Badezimmer herrichten für einen Arbeitstag, der ihn verbraucht. Wenn ich die Tür zumache, bin ich in einer Falle. Der Raum, wenn er geschlossen ist, macht angst. Aber die Konzeption stimmt: nicht zum Ausruhen, zum Verweilen ist er gemacht, sondern zum hastigen Hantieren. Flüchten. Kein Platz für Sinnlichkeit. Kein Raum für Zweisamkeit. Keine Berührung mit einem anderen Körper verleiht diesem Raum Wärme. Es ist nur ein Körper erwünscht in diesem Raum, kein zweiter, kein dritter oder gar mehr. Denn die Funktion dieses Raumes ist nicht, Lust zu spenden, Körper und Seele in Einklang zu bringen. Dieser Raum soll einen vereinzelten, einsamen Körper schnell und reibungslos, mittels kurzer präziser Bewegungen und unter Verwendung der vorgeschriebenen hygienischen Apparaturen und Präparate in den Zustand zu versetzen, den man draußen von ihm erwartet. Diesem optimalen Raum muß es gelingen, mich zu reduzieren auf das, was ich darzustellen habe: eine perfekte Sekretärin.

Mein Traum der vergangenen Nacht fiel mir ein. Ich gehe durch eine Wiese. Sie ist saftig grün, das Gras und die vielen verschiedenen bunten Kräuter und Blumen sind kniehoch. Ich glaube, jemand ist bei mir, aber ich weiß nicht, wer. Ein kleiner

Bach schlängelt sich, nur sichtbar durch noch grüneres Grün und die breitblättrigen Pflanzen an seinen Ufern, in einiger Entfernung. Plötzlich ist da zwischen den hohen Gräsern, unmittelbar vor meinen Füßen, eine fremde Bewegung. Ich beuge mich ein wenig in Richtung auf diese Bewegung und erkenne einen Fisch. Er ist ganz verrottet, die Gräten liegen sichtbar zwischen dem sich zersetzenden, abfallenden Fleisch. Aber er zuckt noch und zappelt wie frischgefangen im Netz. Und plötzlich weiß ich, wer dieser Fisch ist: Henry Kissinger.

Träume hast du, wird Jürgen wieder sagen, man müßte sie malen.

Meine Augen hatten sich an die Grelligkeit aus der Röhre gewöhnt, jetzt kam der Moment, den ich jeden Morgen von neuem verabscheute und hinauszögerte: der Moment, wo ich in den Spiegel sehen mußte.

Mein Morgengesicht. Es ist kein schönes Gesicht. Es gefällt mir nicht. Es würde niemandem gefallen, denn es ähnelt kaum dem Bild, das man von mir hat, an das man gewöhnt ist, das ich in ungefähr einer halben Stunde bieten werde, wenn ich das Haus verlasse. Jeden Morgen werde ich zur Konfrontation mit meinem schmucklosen, glanzlosen, reizlosen realen Körper-Selbst gezwungen: fahle dreißigjährige Haut, hier und da rötliche oder braune Flecken, tiefliegende große Augen hinter dunklen Schatten, Wimpern und Brauen fast unsichtbar, farblos, lange, vorne wulstige Nase, hohe Stirn mit bereits tief eingegrabenen Falten, auch um die Augen sind Fältchen sichtbar, großer blasser Mund mit vollen Lippen, schwach blondiertes dünnes Haar, das morgens platt und strähnig herunterhängt, starker kurzer Hals . . .

Ich will dieses Bild nicht sehen. Es macht mich traurig und es macht mir angst. Man hat mir ja schon früh gesagt, daß dieses Bild nicht viel wert ist. Ich will nicht daran denken, daß ich das bin, dieses farb- und konturenlose Gesicht ist ja längst nicht mehr mein Gesicht. Ich leugne es, ich verleugne es, ich will es vergessen.

Dieses Gesicht bringt nichts, wenn man es offen mit sich herumträgt. Es muß versteckt werden. Ich brauche doch bloß zu behaupten, daß ich das nicht bin. Weil ich das nicht sein will. So will ich mich nicht. So will man mich nicht. Also mach ich etwas anderes aus mir. Jeder ist das, was er aus sich macht. Machen Sie das Beste aus sich. Vorher-nachher. Gewußt wie. Das ist man sich und den anderen schuldig. Mach was aus deinem Gesicht, hat meine Mutter gesagt. Erst ein gemachtes Gesicht ist ein schönes Gesicht. Mach dein Gesicht auf. Öffnen? Das Gesicht öffnen? Ist ein aufgemachtes Gesicht ein offenes Gesicht? Nein, ein aufgemachtes Gesicht ist ein verschlossenes Gesicht. Make-up macht Ihr Gesicht auf. Natur ist selten schön genug, man muß ihr nachhelfen. Natürlich schön sein. Natürlich muß man schön sein.

Und so versuchte ich jeden Tag, mein Gesicht zu verstecken. Ich griff zu den Krücken der Kosmetik, ohne die ich nicht mehr sein konnte. Ich habe es zugelassen, daß ich abhängig wurde von diesen Krücken, von dieser Perfektion, die sie meinem Gesicht verliehen. Nur unter großen Anstrengungen konnte ich diese Abhängigkeit verbergen. Mein Gesicht wurde jeden Morgen zur Perfektion verkrüppelt. Schon lange hatte ich nicht mehr den Mut, ohne die Krücken aus dem Haus zu gehen, auch wenn ich manchmal den Wunsch danach hatte. Wie konnte ich es auch wagen?

Ich muß mich an die Spielregeln halten. Ich kann den Leuten in der Firma doch nicht das Bild wegnehmen, das sie von mir haben. Sie kennen nur mein aufgemachtes Gesicht, niemand kennt mein Morgengesicht. Es wäre ein Schock für sie, ich stelle mir ihren erstaunten Blick vor, vielleicht wären sie erschrocken oder empört. Und ich würde mich schämen, nicht wissen, wohin ich mit meinen wimperlosen Augen sehen soll. Wie eine ertappte Lügnerin würde ich mir vorkommen, entlarvt als Blenderin. Und nackt. Ich glaube, es wäre genauso wie in dem Traum, in dem man nichts anhat als ein zu kurzes Hemd und alle Leute gucken auf einen und man schämt sich entsetzlich und versucht zu laufen . . .

Vor allem kann ich das meinem Chef nicht antun. Denn ich bin ja nicht nur seine rechte Hand. Ich bin auch seine Visitenkarte.

Die beste Visitenkarte eines Mannes ist immer noch eine schöne Frau.

Dieser Satz betrifft mich. Ich muß mich sogar bemühen, daß dieser Satz auf mich zutrifft. Ich muß mich ihm anpassen, muß dafür sorgen, daß er auch auf meinen Chef zutrifft. Mein Chef und ich, wir können von uns sagen, daß wir der Maxime dieses Satzes sehr nahe kommen. Darum muß ich mich jeden Tag von neuem bemühen. Darauf legt mein Chef Wert.

Denn das Äquivalent für mein Gehalt ist nicht nur meine Arbeitskraft, sondern auch mein Aussehen. Es tauscht sich Arbeitskraft plus Aussehen gegen Geld. Dieses Gleichgewicht darf von mir nicht gestört werden.

Also trage ich meine Haut zu Markte.

Nur Jürgen kennt mein Morgengesicht. Ich muß meine Angst nicht vor ihm verstecken.

Der erste Schwall des warmen Wassers traf meinen Rücken und brachte dieses kurze Frösteln. Doch die Gänsehaut hatte keine Chance, die Spannung unter dem Wärmestrahl der Dusche machte mich lebendig. Wohlbehagen sickerte wieder durch die Haut, fast gegen meinen Willen. Meine Gedanken richteten sich auf, befreit von dem Wunsch nach der abgestandenen Wärme des Bettes. Ich schloß die Augen und vergaß die Kühle der Kacheln. Die Minuten verstrichen, ich konnte mich nicht zur Eile entschließen.

Dies werden wieder die einzigen Minuten des Tages sein, in denen ich ganz mir selbst überlassen bin. Morgendliche Minuten der Muße. Mit mir sein. Nicht selbstvergessen. Selbstkonzentriert. Jeden Tag etwa zwanzig Minuten Beschäftigung mit sich selbst. Reicht das aus? Ich müßte ausrechnen, wie viele Minuten das im Jahr sind. Aber es lohnt nicht, die Zahl ist sicher lächerlich klein.

Ich fühlte mich wach und wohl nach dem Duschen und dem Frottieren. In diesem Moment des Wohlbefindens dachte ich an die Frau in dem spanischen Gefängnis, deren Tagebuch ich gelesen hatte. Ich versuchte, den Gedanken an sie, der aus der Magengrube unangenehm bitter in mir hochgestiegen war, wieder hinunterzuschlucken. Das Handtuch, das unbekümmerte, selbstbezogene Frottieren mit dem weichen Handtuch hatte mich darauf gebracht. Die Stelle des Textes kannte ich fast auswendig, sie hatte mich mehr getroffen als die Beschreibung der Folter. Folter ist unvorstellbar für mich, aber dies ist vorstellbar, trifft mich mit der ganzen Wucht des Banalen, dem die Banalität entzogen wurde durch eine extreme Situation des Leidens: ‹Ich habe nicht mal ein Handtuch für mich allein. Hier, im Trakt der «Isolierzellen», gibt es ein fabelhaftes Gemeinschaftshandtuch, das ich mit Vorsicht gebrauche, denn die Leute, die es benützen, sind hier meist nur auf Durchgangsstation. Aber gestern habe ich es gewaschen . . .›

Fabelhaft. Man kann ein dreckiges, blutiges, ja wahrscheinlich blutiges Gemeinschaftshandtuch fabelhaft finden. Wenn man nach tagelangem Foltern endlich in der Isolierzelle landet, ist wahrscheinlich ein Gemeinschaftshandtuch, in das alle gemeinschaftlich ihre Tränen und ihr Blut schmieren dürfen, etwas Fabelhaftes. Schon allein durch die Tatsache, daß es sich um ein Gemeinschaftshandtuch handelt, also etwas, das einen Hinweis darauf gibt, daß man nicht der einzige Mensch auf der Welt ist. Was machen Frauen mit ihrem Menstruationsblut in einer solchen Situation? Vielleicht ist es ihnen egal. Vielleicht kommt es auf das bißchen Blut mehr oder weniger auch gar nicht mehr an. Vielleicht sollte man nie ohne ein paar Tampons aus dem Haus gehen, für alle Fälle.

Jürgen schläft noch. Er hat wieder die halbe Nacht gearbeitet. Kann es sich leisten. Die halbe Nacht am Schreibtisch verbringen, Blätter vollschreiben. Ein Schreibtisch, der ihm gehört, Blätter, die ihm gehören, in denen er aufgehoben ist. In den Blättern, die ich vollschreibe, bin ich nicht aufgehoben. Ich hebe sie auch nicht auf, ich lege sie ab. Wie alte Kleider. Nichts von mir ist in ihnen, außer der Tatsache, daß die Buchstaben des Textes von mir auf der Maschine angeschlagen wurden. Das kann auch jemand anderes tun. Jederzeit kann es jemand anderes tun, ohne daß sich das Geringste am Inhalt der Blätter ändern würde. Meine Blätter sind sprachlos. Fehlerlos und sprachlos.

Neulich habe ich Sprachlosigkeit geträumt. Ich hatte einen Kloß im Hals, er würgte mich, ich war ganz hilflos und ängstlich, weil er nicht rauskam. Da habe ich mit der rechten Hand tief in meinen Rachen gegriffen, und als ich etwas in den Fingern spürte, fing ich an zu ziehen, da waren es lauter lange weiße

Würmer, ich zog und zog, würgend, mit beiden Händen, und der Schweiß lief mir runter vor Anstrengung.

Sprachlos bin ich und perfekt. Die perfekte Sekretärin ist sprachlos. Je sprachloser, um so perfekter. Oder umgekehrt: je perfekter, um so sprachloser. Sekretärin und Hausfrau: je perfekter, um so machtloser. Oder: je perfekter, um so abhängiger. Oder: um so dümmer. Perfekt als Steigerung von sprachlos, machtlos, abhängig, dumm. Natürlich nicht dumm im Sinne von unintelligent. Selbstlos. Das ist es. Perfektion als höchste Form von Selbstlosigkeit. Denk an dich selbst zuletzt, dann wirst du perfekt sein. Ich glaube, ich bin ziemlich perfekt. Bis jetzt jedenfalls. Mit Anstrengung, ja. Aber es ist mir gelungen. Mein Gesicht. Meine Arbeit. Perfekt, wenn es das gibt. Jürgen soll mich nicht beunruhigen. Was heißt Sprachlosigkeit als Funktion. Er redet. Er meint, ich muß meine Sprache finden, aus der Sprachlosigkeit raus. Aber wohin. Er will mir helfen. Heute abend werden wir wieder reden. Ich muß ihm das von den Tampons erzählen. Über so etwas denkt er nicht nach, warum auch.

Mein Badezimmer ist keine Isolierzelle, ich bin keine Gefangene. Ich kann sofort rausgehen, wenn ich will. Niemand zwingt mich zum Bleiben. Außer meinem weichen sauberen Handtuch steht mir noch eine Fülle von Utensilien in vielen Formen und Farben zur Verfügung. Sie reihen sich auf dem Glas unter dem Spiegel, auf dem Absatz, den die Kacheln hinter der Badewanne bilden, auf dem zusätzlichen Brett an der Wand und im Schrank hinter dem Spiegel. Der Inhalt der Flaschen, Töpfchen, Tuben, Dosen aus Plastik, Glas und Blech ist zum Baden, Duschen, Cremen, Ölen, Salben, Pudern, Schmieren, Schminken, Abschminken, Lackieren, Massieren und Parfümieren. Magie des Designs. Ich glaube an die Versprechungen, liebe ihre täglichen Verführungen. Mein Verlangen nach dem, was außerhalb dieses Raumes von mir verlangt wird: Attraktivität, Perfektion, Sex. Ich liebe Düfte. Duft ist Leben. Du duftest nuß-fruchtig-herbstherb, hatte Jürgen gesagt, als er sich nach dem Lieben an meinen Rücken legte. Er liebt keine künstlichen Düfte.

Die Sachen zum Schminken lagen griffbereit. Ich brauchte nur mit meiner rechten Hand in stets gleicher Reihenfolge die einzelnen Werkzeuge zu ergreifen und sie ihrer Bestimmung gemäß in meinem Gesicht zur Anwendung zu bringen. Ich wußte genau, welche Farben, welche Striche und Retuschen die Schwächen meines Gesichts so vorteilhaft verdeckten, daß ich danach zufrieden mit mir sein konnte. Jahrelange Routine ließ da kaum Zögern aufkommen.

Jahre rausschinden, gelebtes Leben wegschminken, Glätte ins Gesicht, Alter raus, Jugend rein. Altern ist verboten. Alt ist out. Mit dreißig wie fünfundzwanzig aussehen, mit vierzig wie dreißig und so fort. Sonst klappt der Verkauf nicht mehr: «Sie ist nicht mehr so leistungsfähig . . .» Altern muß bestraft werden. Altern ist nichts als Arbeit gegen das Altern, tägliche harte Arbeit. Nicht mehr daran denken. Noch nicht. Noch habe ich nicht gegen das Verbot des Alterns verstoßen. Ich will Jürgen fragen, ob es je ein Land oder eine Zeit gab, wo das Altwerden erlaubt war. Man müßte sich auf die Suche machen nach der Würde des Alterns.

Auf den kleinen Klapptisch in der Küche hatte ich am Abend vorher zwei Frühstücksgedecke gestellt, eins für Jürgen, eins für mich. Aber er schlief ja noch, es lohnte sich nicht, ihn zu wecken, denn ich mußte mich beeilen. Also ohne ihn nur schnell etwas heißen Nescafé in den Bauch. In letzter Zeit trödele ich morgens zuviel, mein Zeitplan klappt nicht mehr. Ich bin müde. Ich möchte keine Bewegung machen müssen. Ich möchte von mir behaupten können: ich kann nicht. Aber ich kann. Weil ich muß. Ich will.

Um Viertel nach sieben verließ ich das Haus. Ich fühlte mich sicher, mein Gesicht war nicht mehr nackt: große Augen, deren grau-grüne Farbe durch entsprechenden Lidschatten betont wurde, lange schwarzgetuschte Wimpern – die Augen, meine Damen, die Augen sind das Wichtigste! –, geschwungene Augenbrauen, die große Nase geschickt zurückgeschminkt, leuchtender glatter Teint, rosig betonte Wangenknochen, schöner großer, kräftig geschminkter Mund, glänzendes, weich fallendes Blondhaar. Das war ich, so wollte ich mich. So wollten mich die anderen. So kannte man mich. So konnte ich mich sehen lassen. Mein Chef konnte mit meinem Aussehen zufrieden sein. An seiner Visitenkarte war nichts auszusetzen.

2

Auf der Straße sah alles alltäglich aus. Nichts war anders. Die Großstadt schlug auf mich ein, Autos, Straßenbahnen, Menschen, Gestank, Lärm um mich herum wie an jedem Morgen, sie nahmen mich auf in ihre Bewegung, ich wurde Teil dieses Fließens, das nie zu enden scheint und das jeden dahinspült, wo er hingespült werden will. Ich vergaß mich sofort. Eingetaucht in dieses zielgerichtete Hasten vieler sich bewegender Körper ging ich mir verloren. Mein Körper wurde aufgesogen von diesem vielfältigen, vielförmigen, überwältigenden, gewalttätigen Körper des morgendlichen Straßenverkehrs. Eine Maschine, deren Bewegungen nie mehr zu stoppen sind. Ich lief, ich ordnete mich ein, ich blieb stehen, ich beachtete Verkehrszeichen, ich hatte ein Ziel, genau wie alle anderen Körper. Das verband uns. Alle wußten, was sie wollten. Alle wollten weg, gleich würde hier niemand mehr zu sehen sein, der sich jetzt noch hier befand. Jeder wollte woanders hin, jeder wußte von sich, wo er hinwollte, aber keiner wußte es vom anderen. Alle wollten zur Arbeit. Das war es, was uns verband. Nicht die Arbeit, die wir taten, aber der Umstand, daß wir sie tun wollten, tun mußten.

Eine große Gemeinde. Ich gehöre zu ihr. Bekannte Gesichter fremder Menschen. Die kurze Begegnung, das rasche Aufschauen reicht zum Kennen nicht. Niemand bringt mich durch Erkennen zu mir zurück. Ich bleibe verloren in dieser fließenden Menge.

Alltag ist das. Alltags der alltägliche Weg zur alltäglichen Arbeit. Arbeit ist Alltag. Alltag ist Werktag. Werktags gehen die Werktätigen zur alltäglichen Arbeit. Alltägliche Arbeit ist gewöhnlich. Kann man einen ungewöhnlichen Alltag haben. Einen ganz fremden, ungewohnten, ungewöhnlichen Alltag möchte ich haben.

Zur Straßenbahnhaltestelle hatte ich ungefähr drei Minuten zu laufen. Der Verkehrsfluß hatte dort eine Insel gebildet, angeschwemmt standen die Menschen mit alltäglichen Gesichtern und schauten auf ihre Füße, in eine Zeitung, auf den weiterfließenden Verkehr oder auf andere Wartende. Einige kannten sich, redeten miteinander, lustlos. Das Wetter war nicht so, daß es die Unlust des frühen Aufstehens, des Wartens und der Perspektive eines achtstündigen Arbeitstages verscheuchte. Ein grauer, unentschlossener Himmel hing über der Stadt und ließ nichts Gutes hoffen. An einem solchen Tag ist die Luft schwer und schon morgens erschöpft, als habe sie sich nachts nicht richtig erholen können, wie ein altes, schlaffes Gesicht. Man kann in ihr nicht leicht werden. Alles wird durch sie gewichtig und lastend, man hat darin nicht den langen Atem. Ein ehrlicher Regen wäre mir lieber gewesen.

Ich stellte mich unter die Wartenden und fing an, wie sie mit halb fremden, halb feindseligen Blicken um mich zu sehen. Ich wollte freundlich aussehen, spürte, wie mir das nicht gelang. Lächeln wäre übertrieben, würde komisch wirken, mißverstanden werden. Eine Frau auf der Straße, die keiner kennt, lächelt nicht als Mensch, sondern als Frau. Das Lächeln einer Frau auf der Straße ist eine Herausforderung. Ich lächele niemals grundlos auf der Straße. Und fremde Menschen, die mich morgens unfreundlich und fremd ansehen, sind auch kein Grund zum Lächeln.

Und so lächelte niemand, weil jeder sein eigenes und der anderen Lächeln für übertrieben gehalten hätte.

Zwei junge Frauen, Arbeiterinnen, standen unter den Wartenden. Sie unterhielten sich lachend. Ich meinte, ihre Gestalten zu einer einheitlichen, formlosen Masse zerfließen zu sehen: über zu kurzen Röcken, aus denen die Beine mit billigen Schuhen hervorkamen, trugen sie diese um etwa zwanzig Zentimeter kürzeren Manteljacken, verschieden in Farben und Mustern, gleich im Schnitt, Reverskragen, darunter grelle Chiffonschals, in den Händen hielten sie längliche Plastiktaschen, für den Einkauf nach Feierabend vielleicht, jetzt halbgefüllt, schlaff. Alltagskleider, Kleider für eine Arbeit, die keine anderen verdient. Kleider, die nicht anders als bewußtlos getragen werden können. Uniformen. Unter den Mänteln sicher knallige Pullover, Acryl, Helanca, gerippt, enganliegend, unter den Achseln wahrscheinlich Schweißgeruch.

Warum ziehen sie solches Zeug an. Sagt ihnen denn niemand, wie sie aussehen. Wieso kaufen sie das. Diese formlose Gleichheit. Sehen sie das denn nicht.

Nein. Sie sehen das nicht. Können es nicht sehen. Dürfen es nicht wissen.

Sie haben ja keine andere Wahl, da niemand eine andere Wahl hat, als sich für das zu entscheiden, was für ihn vorgesehen ist. Es wird dafür gesorgt, daß keiner sich vergreift, die Verteilung klappt: jeder bekommt seine Uniform.

Für mich war eine andere Uniform vorgesehen. Ich machte keine häßliche Arbeit, stand nicht am Fließband, putzte keine dreckigen Böden, ich schwitzte nicht – wenigstens nicht sehr – bei der Arbeit, ich brauchte keine Garderobe, die sich aufteilt in Alltags- und Sonntagskleider. Ich besaß nur diese zweite Kategorie, modisch, schick, geschmackvoll, kleidsam in Formen und Farben. Dafür wurde ich ja bezahlt. Ich konnte, ich sollte bewußt und lustvoll Kleider kaufen, mein Geschlecht sollte betont, nicht vertuscht werden. Die Kleider, die für mich vorgesehen waren, sollten sexy und zugleich elegant, auch dezent sein, sie sollten mir und anderen gefallen, Männern, Frauen, meinem Chef. Ich trug sie mit Lust, regte damit zur Lust an. Man gewährte mir das Privileg, schön zu sein. Ich war zur Schönheit verpflichtet.

Mitleidig und hochmütig sah ich auf die Frauen herab, die in geschmacklosen Kleidern mit mir an der Haltestelle standen. Ihre mißtrauischen, unfreundlichen Blicke bestätigten mir die Kluft, die uns trennte, symbolisiert durch die Kleider, die wir trugen. Ich war stolz, daß mich nichts mit ihnen verband, freute mich, daß ich nicht aussehen mußte wie sie. Wir musterten uns gegenseitig und richteten mit unseren Blicken die Barrieren auf, die andere schon für uns vorbereitet hatten. Unsere Kleider schrieben uns unsere Rollen zu, sie legten uns fest auf das, was wir zu sein hatten.

Gegenüber auf der anderen Straßenseite endete eine schäbige Grünanlage, die zusammen mit einer Seitenstraße auf die Hauptstraße stieß. An dieser Stelle der langen lauten, staubigen Großstadtstraße waren das die einzigen Bäume. Kastanien und Linden. An diesem Morgen sahen sie besonders grau aus, ihre Blätter hingen unbeweglich in der schweren Luft, wie kleine Metallplättchen. Die Blätter dieser Bäume hatte ich oft beobachtet, wenn ich morgens auf die Straßenbahn wartete. Sie zeigten Stimmungen. An manchen Tagen wirkten sie schlaff und resigniert, an anderen aufgebracht und wild, selten schienen sie froh und frisch, nie habe ich sie richtig grün gesehen. Sie paßten sich an, spiegelten die Stimmungen der Stadt und des Wetters wider.

Ich nahm nur Grau wahr an diesem Morgen. Die Farbe kroch durch meine Augen, füllte mich aus bis in die Fingerspitzen.

Es ist September. Meine mit Grau gefüllten Augen sehnen sich nach seinen Farben, nach weiten, gehügelten grünen Wiesen, durch die sich weiche, lehmige Wege winden, besäumt von kleinblättrigem Gesträuch, in dem die Sonne hängen bleibt und die Vögel die reifen roten Beeren suchen und wo die vermoderten Reste von Holzzäunen, die nie ausgebessert werden, sich so in die Landschaft fügen, als seien sie die kostbaren Reste großartiger Bauwerke. Ihre dunkelbraunen Ruinen sind die kräftigen Konturenstriche in diesem Pastellgemälde. Septemberlicht. Man muß es durch die Augen saugen und es dort festhalten wie eine Frucht dieses Monats, die man über den Winter bringen will. Septemberlicht macht die Farben so satt, daß sie bersten: man weiß, daß ihr ruhiges Leuchten enden wird in einer Explosion von Farben, die die Welt entzückt, um sie danach einem trostlosen Gemisch aus Grautönen zu überlassen. Ich darf die Natur nicht vergessen, nicht zulassen, daß das Bedürfnis nach ihrer Nähe verschüttet wird von Bedürfnissen, die mich von ihr fernhalten. Einmal wieder hingucken, als wär's zum letzten Mal, und mir diese ganz besondere warme, sommersatte Septemberstille holen. Woraus sonst soll ich schöpfen?

Die Köpfe der Wartenden an der Haltestelle drehten sich auf einmal alle in eine Richtung, die Straßenbahn kam. Ein paar Augenblicke später stand ich auf der hinteren Plattform, eingekeilt und angewidert zwischen all diesen drohenden Menschenkörpern. Ich blickte in zu nahe, böse Gesichter, ich wollte schreien und um mich schlagen. Beengung, Menschen dicht aneinandergedrängt, durchgerüttelt und ausgeliefert den Bewegungen der Straßenbahn, bei jedem Bremsen ein hilfloses Vor und Zurück, in der Kurve kein Halt mehr, Aufeinanderfallen, Aufdiefüßetreten, Stoßen, Berühren, Entschuldigen, Angst, Haß. Manchmal faßt einem jemand in dem Gedränge zwischen die Beine oder drängelt sich von hinten so dicht heran, daß man seine Geilheit spürt. Besonders im Sommer.

Ich machte mich ganz steif und versuchte, niemanden anzusehen. In Blickhöhe, etwa zehn Zentimeter vor meinen Augen, umgriff eine Männerhand die Haltestange. Ich konzentrierte mich auf diese Hand, sie war fleischig und groß, auf den untersten Gliedern der Finger und auf dem Handrücken wucherte zwischen Sommersprossen rötliches Haar, die Adern auf dem Handrücken schimmerten bläulich konturlos durch das angespannte Fett, und die Fingernägel waren zurückgeschnitten oder abgefressen bis auf schmale Querbalken, über die sich Wülste von Fingerkuppenfleisch stülpten.

Diese Nähe macht uns zu Feinden. Warum drehen nicht noch mehr Leute durch, warum werden nicht einfach alle verrückt. Warum werde ich nicht verrückt?

Kaputtmachen, auflösen, die Maschinerie ad absurdum führen dadurch, daß wir uns einfach alle auflösen: niemand mehr da, der sie in Gang hält.

Aber ich sah den Leuten an, sie wollten sich nicht auflösen, wollten weitermachen, durchhalten, mit sich machen lassen, mitmachen, leiden, ihre Pflicht tun, ein Ziel haben, etwas leisten, sich etwas leisten, in Urlaub fahren. Als Verkrüppelte in Urlaub fahren.

Die widerliche Hand vor mir wird sich nicht auflösen, das fettige Fleisch hält sich ans Leben. Und ich? Vielleicht werde ich . . . Etwas ist in mich hineingekrochen, seit einiger Zeit macht es sich breit, noch kann ich es nicht benennen, ein begriffloses Unbehagen, das mich vielleicht eines Tages zum Platzen bringen wird, nur weiß ich noch nicht, wann und wie das vor sich gehen wird, ob ich es verhindern will, ob es sichtbar oder unsichtbar geschehen wird. Bin ich stark genug, dem Druck des Unbehagens nachzugeben, ihn aber gleichzeitig als Instrument gegen das Zerfließen, das Weglaufen, das Augenschließen, die Apathie, die Passivität, das Irrewerden zu nutzen?

Als ich den Sitzplatz hatte, blendete ich mich aus der freudlosen Szene aus. Während der nächsten zwanzig Minuten würde es nicht notwendig sein, irgendwelche Energie für die Beantwortung von Signalen aufzubringen.

Schon wieder bin ich Teil einer Bewegung. Die Bewegungen der Straßenbahn bringen mich durch die Stadt. Mein Ruhigsein in ihr ist nur ein scheinbares. Draußen bewegt sich das Jahr neunundsechzig. Auch in diese Bewegung bin ich geraten. Sie setzt mir zu, enorme Schwingungen, unbekannte Rhythmen voller Wut und Kraft und Wünschen und Hoffen. Zwei konträre Bewegungen noch für mich an den Polen meiner Alltage: morgens hermetisch verschlossenes Bewegtwerden im starren Körper einer Straßenbahn in Richtung auf den Arbeitsalltag, einsam, unlustvoll; abends in nichtendenwollender Bewegung Aufbruch in die Neue Gesellschaft, ins Neue Ich, explosiv, lustvoll. Die Abende brachten Stockungen und Beschleunigungen, Rucke und Stöße in den Fließbandablauf meiner Alltage.

Das Fließband meiner Alltage rollt an mir vorbei: mein Leben umgeformt, gestanzt, gepreßt in Alltage. Ich stehe daneben und kann es nicht halten, kann nicht sehn, wohin es fließt. Aufspringen müßte ich auf das Fließband, mich hoch aufrichten, sehen, wo das alles bleibt, was ich mache, was damit gemacht wird, wenn es an mir vorbei ist. Immer wieder verliere ich es aus den Augen, aus den Händen.

Wer sagt denn aber, daß ich daneben stehe, nicht schon oben hocke auf dem Band zwischen den Stücken meines Lebens, ohne Mut zum Absprung. Um es anzuhalten, muß ich runter, denn sehen wohin es fließt allein ist sinnlos wie sterben.

Ich sehe mich nicht; weder untenstehend, machtlos, noch oben zeitlos hockend kann ich mich finden.

Denn die Realität ist das Fließband in mir.

Jürgen schläft noch. Ich fahre. Der Morgen ohne ihn. Rhythmusstörung. Der Rhythmus der Straßenbahn. Alles teilt sich mit. Wir können morgens nicht miteinander. Der Morgen kann nicht geteilt werden, jeder braucht seinen eigenen Anfang. Das Gewicht meines Arbeitsalltags ist morgens nicht teilbar. Wenn er mit mir aufsteht, haben wir nur Schweigen zu teilen. Bleibt er liegen, kommt manchmal Wut hoch in mir. Ungerecht. Er will ja. Aber er muß nicht. Ich muß. Er wird müssen, wer weiß wann, vielleicht ohne mich, vielleicht braucht er mich dann nicht mehr. Seine Zärtlichkeit. Glaubhafte Zärtlichkeit. Manchmal geht die Lust darin unter. Ich kann oft unter seinen zärtlichen großen Händen meine Sinnlichkeit nicht finden. Aber ich brauche die Selbstverständlichkeit seiner warmen Nähe.

Und Bernd? Noch kann mir keiner Bernd aus den Sinnen streicheln. Ich vergesse über lange Strecken, daß er sich noch immer darin breitmacht. Von Zeit zu Zeit muß ich dieses Vergessen aufgeben. Er wartet nicht auf mich, kommt nicht auf mich zu, fragt nicht. Seine Finger sind wie weiße geschmeidige Zauberstäbe. Sie wecken die verschlafensten Stellen meines Körpers.

Und Wellen ungebrochener Lust, glasklar und hart, gereinigt von Zärtlichkeit, heben mich dann auf zitternde Berge, tragen mich atemlos durch Täler ohne Scham, wo nur mein Fleisch um mich ist. Auf jedem Gipfel finde ich mich befreit aus meiner Enge und bin erfüllt mit einem Gefühl von Ganzheit, als wäre mir ein Stück verlorener oder vergessener Vollkommenheit zurückgegeben worden.

Irgendwann muß ich es wagen, Jürgen davon zu erzählen. Vielleicht werde ich noch Jahre dazu brauchen. Wir müssen noch lange an der Spannung zwischen Distanz und Nähe arbeiten, so lange, bis Nähe eine Befreiung ist. Irgendwann. Dann wird er mit seinen großen Händen meine Ängste wegstreichen. Jürgens Hände sind groß und stark und ungelenk, und als ich sie zum erstenmal sah, lagen wir am Strand und Jürgen versuchte, mir mit Strichen im Sand den Unterschied zwischen Sein und Nichts klarzumachen. Unsere braungebrannten Körper berührten sich kaum, aber seine Hände begannen bereits, in mir zu graben. Später hat er dann Sätze gesagt, wie: Bruckner malt die Gotik. Und ich habe ihm geglaubt und begonnen, mit seinen Ohren zu hören, mit seinen Augen zu sehen, sein Leben zu leben.

Morgen aber will ich zu Bernd fahren und mir ein Stück meines Lebens holen. Nichts darf Brachland bleiben. Mein Leben muß bestellt werden.

Die Straßenbahn hielt am Hauptbahnhof, Zeit für mich, ans Aussteigen zu denken, die Bahnhofsuhr zeigte 7.34, in fünf Minuten würden wir an meiner Haltestelle sein, um 7.45 begann mein Dienst.

Ich sah mich in der Straßenbahn um und stellte fest, daß

inzwischen eine Menge Leute aus der Firma zugestiegen waren, die ich zumindest vom Sehen kannte, einige kannte ich sogar ganz gut. Heide K. aus meiner Abteilung war auch darunter, ich würde sie also grüßen müssen, wenn sie in meine Richtung blickte. Ich spürte ihren Blick bereits auf mir, denn sie wollte gegrüßt werden, aber ich versuchte so lange wie möglich, nicht zu ihr hinzusehen. Spätestens nach dem Aussteigen würde ich sie aber sehen müssen, denn sie wartete sicher auf mich, um den kurzen Weg von der Haltestelle bis zur Firma mit mir zu gehen. Sie war einen Kopf größer als ich, fast einsachtzig, adrett, sauber, toninton, ihre Beine so gerade wie ihr Kreuz, wenn sie vor ihrer Schreibmaschine saß, und diese geraden Beine preßte sie beim Gehen so zusammen, daß immer ein kleines schabendes Geräusch entstand, bei jedem Schritt, den sie machte. Sie hatte wohl Angst, daß irgend etwas zwischen diese geraden Beine geraten könnte, etwas Unsauberes, ein dreckiger Schwanz etwa. Sie war nicht sehr beliebt in der Abteilung, ein reformkostgenährtes, blutleeres Wesen, und irgendwie schaffte sie es immer, am wenigsten zu tun und am meisten zu verdienen (die Angestellten sind natürlich gehalten, im Kollegenkreis über ihr Gehalt nicht zu reden, aber es sickert doch immer etwas durch). Sie blieb, wie ich erwartet hatte, an der Haltestelle stehen, bis ich dicht vor ihr war und sie ihr wäßriges «Guten Morgen» auf mich runterträufeln konnte. Es blieb mir nichts anderes übrig, als von der Straßenbahn bis vor meine Bürotür in Begleitung dieser schabenden geraden Beine zu gehen.

3

«Firma → (v. ital. firmare, unterschreiben; ital. Ragione, Ditta; franz. Maison; engl. Firm; span. Firma comercial; holl. u. portugies. Firma) der Name, unter welchem ein Kaufmann als solcher dem Publikon gegenübertritt . . .» (Meyers Konversations-Lexikon).

Also nur ein Name? Aber ich gehe in die Firma, heißt es doch, ich arbeite für die Firma, in ihr. Also das Haus? Die Schreibtische in den Büros? Die Maschinen in den Hallen? Die Menschen? Wem gehört sie? Ich kenne nur Leute, denen sie nicht gehört. Sie ist eine Anhäufung von Sachen und Personen an einem bestimmten Ort. Dort macht jeder seine Arbeit. Aber in Wirklichkeit ist es ja nicht seine, sondern ihre Arbeit, die der Firma. Denn niemand in der Firma arbeitet für sich, alle arbeiten für die Firma. Die Arbeit wird von der Firma verschlungen, gefressen, sie wird von ihr verdaut, aufgelöst, wir sehen sie nie mehr wieder und wir müssen aufpassen, daß wir nicht selbst eines Tages gefressen werden.

«Unsere» Firma ist eine Tochter. Amerikanisch. Obwohl sie eine Tochter ist, äußert sie mütterliche Besorgnis: «Die Firma meint es gut mit Ihnen.» Und: «Sie sind bei uns gut aufgehoben.»

Der dicke Pförtner grüßte freundlich aus seiner verglasten Loge heraus, in der eine große runde Uhr so an der Wand angebracht war, daß jeder Ankommende sie unbedingt sehen mußte und somit sofort wirkungsvoll, unerbittlich und stumm sein eventuelles Zuspätkommen entgegengeschrien bekam. Diese Uhr war schlimmer, als wenn jemand dagestanden und unfreundliche Ermahnungen und Verweise erteilt hätte. Der unbeteiligte Ernst dieser Uhr drang den zuspätkommenden mittleren und kleinen Angestellten bis ins Mark, denn sie wußten, daß der Pförtner bei häufigem Zuspätkommen verpflichtet war, dieses zu notieren und der Personalabteilung zu melden. Das konnte er in Ruhe tun, ohne sich in Diskussionen einlassen zu müssen, meistens sah der Betroffene gar nichts davon, bis er vielleicht eines Tages ins Personalbüro gerufen wurde, wo ihm minuziös alle seine Verspätungssünden vorgehalten wurden. Es gab keinen Weg an der Uhr vorbei. Ich kam häufig zu spät, zwar waren es immer nur ein paar Minuten und ich hätte das mit Leichtigkeit ändern können. Aber ich haßte dieses pünktliche brave Strömen am Morgen, und außerdem wollte ich es lieber drauf ankommen lassen, als zu früh in der Firma zu sein. Es hatte noch nie jemand etwas gesagt, aber ich war sicher, daß alles säuberlich notiert wurde. Wahrscheinlich hatte man noch keine Veranlassung, das gegen mich zu verwenden, denn ich machte abends oft unbezahlte Überstunden, «in Ihrer Position ist das manchmal nicht zu vermeiden». Ich war mir sehr wichtig vorgekommen.

An diesem Tag war ich pünktlich, eine Minute vor dem Klingelzeichen, das wußte ich schon, als ich Heide an der Straßenbahn traf, denn sie war niemals unpünktlich. «Heute bin ich aber spät», sagte sie, stolz auf mich herunter lächelnd. Denn sie fühlte sich wohl ungeheuer schlampig.

Dritter Stock, Abteilung Verkauf, Vorzimmer des Verkaufsleiters: das war von morgens 7.45 bis nachmittags 17.15 meine Welt. Dort übernahm ich jeden Morgen, fünf Tage in der Woche, meine Rolle als gut funktionierende Sekretärin eines Mannes, der zu den leitenden Angestellten gehörte und Chancen hatte, eines Tages noch ein Stockwerk höher in die schallgedämpfte, teppichbodenbelegte Chefetage zu rutschen, wo es keine Weisungsempfänger mehr gab, sondern nur noch Weisungsberechtigte, von wo aus die Weisungen und Entscheidungen unaufhörlich auf das Werk herniederrieselten, wo man sozusagen im Himmel angelangt war, nichts mehr über sich, alles unter sich. Dort im dritten Stock, nur wenig unterhalb der Chefetage, begann jeden Morgen der Teil meines Lebens, der mir meinen Platz in der Gesellschaft zuwies, der mich zu dem machte, was ich darstellte. Dort legte ich jeden Morgen mit meinem Mantel auch mein Menschsein ab, meine Launen, meine Leiden hängte ich an den Garderobehaken und zog das schäbige Hemd der Disziplin, des Wohlverhaltens, der Höflichkeiten, der Zuverlässigkeit, der Gewissenhaftigkeit, der Diskretion und des Fleißes an. Das Hemd war schäbig, fürwahr, aber alle hatten es an und die Schäbigkeit sah keiner mehr. Im Gegenteil: wir sprangen und hüpften in diesen Konformitätshemden herum wie die Narren in ihren Narrenanzügen, schlugen mit den Armen, um möglichst viel Wind zu machen, manche überschlugen sich gar, weil sie meinten, etwas ganz Tolles damit zu zeigen, jeder glaubte, er könne durch besonders kapriziöse Verrenkungen und Gangarten das Schicksal bewegen, es gut mit ihm zu meinen. Das Schlimme war, daß das Hemd zwei Seiten hatte: die häßliche farblos flatternde Außenseite und die Innenseite, die war weich und sanft und wärmte. Das Gefühl der Zugehörigkeit, das durch die Innenseite des Hemdes ganz hautnah vermittelt wurde und das es so schwer und fast unmöglich machte, es auszuziehen, wenn man es einmal anhatte: Geborgenheit, Zusammengehörigkeit, wir waren ja alle eine große Familie, nicht wahr . . .

An diesem Morgen, als ich eine Minute vor dem Klingeln mit Heide zum Aufzug ging, um in mein Büro im dritten Stock des vierstöckigen Verwaltungsgebäudes der Tochterfirma einer amerikanischen Muttergesellschaft zu gelangen, war ich schon seit einiger Zeit dabei, mir das Hemd auszuziehen. Die ersten Kälteschauer hatten mich erfaßt, ich stand im Zugwind, zögerte, das Hemd ganz auszuziehen, das mich vor dieser Kälte bewahrte. Die Hemden der anderen waren für mich sichtbar geworden, und sie taten mir leid, weil sie nicht wußten, wie arm sie darin aussahen, aber ich tat mir auch leid, weil ich so fror, und ich wagte nicht, irgend jemand darauf aufmerksam zu machen, hoffte, mich bald davonmachen zu können, in eine neue Wärme, wo ich vielleicht kein Konformitätshemd mehr brauchte, sondern gewärmt würde von dem Bewußtsein, ich selbst zu sein.

Mein Büro sah aus wie an jedem Morgen: aufgeräumt und korrekt, die Papierkörbe geleert, der graue Sisalboden gesaugt, die Aschenbecher ausgewischt, das Waschbecken gescheuert, kein Stäubchen irgendwo auf den hellen Flächen der auf Kiefer getrimmten, mit schwarzen Stahlrohrbeinen versehenen Standardbüromöbel. Ordnung und Sauberkeit beherrschten den Raum.

Das abendliche Aufräumen, Wegräumen, «Schlußmachen» bewirkt zweierlei: es bringt sowohl die Arbeit, das hektische Funktionieren, als auch den Arbeitenden selbst zum Verschwinden, es zieht jene Trennungslinie zwischen Arbeitszeit und Freizeit, die so notwendig ist für alle, deren Arbeit nichts ist als Dienstmachen. Jeder Arbeitstag kann säuberlich in einem gesäuberten Büro, am sauberen Schreibtisch begonnen werden. Eine Sekretärin, die ihren Schreibtisch abends einfach unaufgeräumt verläßt, um morgens eine angefangene Arbeit wiederaufzunehmen, eine solche Sekretärin darf es nicht geben. Eine Sekretärin hat stets dafür Sorge zu tragen, daß ihre Arbeit jederzeit von einer anderen Sekretärin übernommen werden kann. Im Krankheitsfall zum Beispiel. Zum Wohle der Firma. Den Schreibtisch und das Büro abends nicht aufzuräumen hieße, sich zum Herrn über diesen Schreibtisch machen. Es hieße, etwas Eigenes dort zum Ausdruck zu bringen. Es hieße, sich eine Entscheidung zu erlauben dort, wo man sich nichts erlauben darf.

Ich drückte auf den Schalter neben der Tür. Die Neonröhre an der Decke warf zuerst stoßweise, dann gleichmäßig ihre weiße Kälte in den Raum, in dessen geöffneter Tür ich stand. Der vertraute Raum hatte in diesem Zustand nichts mit mir zu tun, seine Einrichtung und alle dazugehörigen Gegenstände mußten einfach jeden Morgen in Betrieb genommen werden. Ein angenehmer Arbeitsplatz. Er stand mir zu. Denn ich war die Sekretärin eines Mannes mit Repräsentationspflichten. Vorzimmer mit Dame: der wichtigste Teil des Repräsentationsaufgebotes eines solchen Mannes. Alles mußte tadellos sein. Darauf mußten wir immer achten, mein Chef und ich. Als Teil des Vorzimmerinventars war ich eine Visitenkarte des Hauses. Ich schloß die Tür, zog meinen Mantel aus, hängte ihn an die Garderobe und sah in den Spiegel über dem Waschbecken.

Mein Bild im Spiegel. Das Bild der anderen von mir. Ich werde es heute noch oft prüfen. Schön sein wollen müssen. Warum soll ich nicht schön sein wollen. Mein Gesicht ist eine Möglichkeit. Ich nütze sie. Mein Vater hat mich nie schön gefunden, weiß, daß ich es nicht bin. Ich kann ihn nicht von mir überzeugen. Er erkennt meine Anstrengungen nicht an, hat sein eigenes Bild von mir. Er zeigt gnadenlos auf meine Unvollkommenheit, entlarvt mich. Du mußt deinen Vater loswerden, sagt Jürgen. Wie denn. Ich muß ihn ja mit mir rumschleppen. Ein Leben lang werde ich versuchen, ihn von mir zu überzeugen. Fliehen wollte ich früher einmal, mich fallen lassen nach ganz unten, wo kein Vater mir nachkommen könnte. Nichts mehr sein als Verneinung. Absage an Ansprüche. Abgang in die Negation. Befreiung. Die andere Möglichkeit: sprechen lernen. Sprachlosigkeit verlieren. Und dann? Schreiben. Mich schreibend befreien. Nicht fallenlassen, sondern in die eigene Tiefe hinuntersteigen. Und graben. Du mußt dich sichtbar machen, sagt Jürgen. Du hast etwas zu sagen. Jeder hat etwas zu sagen. Aber er muß sichtbar sein. Sprachlosigkeit macht Menschen unsichtbar.

Mein Schreibtisch mußte seine Ordnung aufgeben, das Zimmer in seiner Ruhe gestört, Zeichen von Pflichtbewußtsein und Arbeitseifer gesetzt werden. Das war morgens das Erste und Wichtigste. Mechanische Abläufe: Schreibmaschinenhaube ab, Mappe mit Stenoblock und zum Diktat vom Vortag gehörende Unterlagen raus. Halbgefüllte Unterschriftenmappe raus, alles auf dem Schreibtisch verteilen, Blick auf den Terminkalender, Wiedervorlagemappe am entsprechenden Datum aufschlagen, Unterlagen rausnehmen, in zwei Haufen sortieren, einen für mich, einen für den Chef. Übersicht gewinnen, strukturieren, den Tag einteilen, Unvorhergesehenes ausgenommen.

Mit dem für ihn bestimmten Stoß von Unterlagen betrat ich den noch dämmrigen Raum meines Chefs, zog die schweren, bis auf den Boden reichenden Vorhänge zurück und machte mich an seinem weißen Schleiflack-Schreibtisch zu schaffen. Ein geschmackvoller Schreibtisch, ein geschmackvoller Raum, anthrazit und weiß gehalten, elegant, dezent, alles aufeinander abgestimmt, modern, nicht bombastisch, aber dem Status des «Bewohners» angemessen. Nach seinem eigenen Geschmack eingerichtet, das Privileg der leitenden Herren, keine Standardmöbel, sondern eins dieser exklusiven Form-in-Raum-Chefzimmer, in denen man repräsentieren und gleichzeitig vornehmes Understatement betreiben kann.

Ich war stolz auf den guten Geschmack meines Chefs, glücklich, wenn ich in seiner Abwesenheit Kolleginnen aus anderen Abteilungen aus irgendeinem dienstlichen Grund in sein Zimmer führen konnte. Ich richtete es möglichst so ein, daß ich sie, während ich in seinem Zimmer nach einer Akte suchte, durch die offene Verbindungstür etwas fragen mußte, so daß sie einen Schritt ins Allerheiligste wagten. Und dann kam, falls sie das Zimmer noch nicht kannten, meistens der von mir sehnlich erwartete Ausruf des Entzückens, und ich hatte Gelegenheit, mit bescheidener, aber dennoch zustimmender Miene und Gestik die Bewunderung entgegenzunehmen, von der ich wußte, daß sie wieder einmal neue Verbreitung finden würde, und ich sonnte mich in dem unverhohlen zum Ausdruck gebrachten Neid der anderen, für einen Mann arbeiten zu dürfen, dessen Zimmer allein schon hohe Persönlichkeitswerte verriet. Einen Teil der Bewunderung für meinen Chef nahm ich für mich in Anspruch: die Sekretärin eines solchen Mannes kann nicht irgendwer sein.

Denn mein Chef, zweiundvierzig Jahre, verheiratet, ein Kind, Dr. rer. pol., einszweiundneunzig groß, jugendlich, schlank, elegant, dynamisch, freundlich, karriereträchtig, tüchtig, intelligent, klug, fleißig, weltgewandt, charmant, liebenswürdig und so weiter, war beliebt. Er war sozusagen der Star unter den Chefs, der Liebling der Sekretärinnen des Hauses, das weibliche Personal himmelte ihn an, war beglückt, von ihm beachtet zu werden (und er verstand es, jede irgendwie zu beachten), man war zu allem bereit. Aber er war klug genug, mit keiner im Haus ein Verhältnis zu haben, jedenfalls war nichts bekannt. Vielleicht gab es anderswo welche, er war ja viel unterwegs. Aber man wußte nichts, es kamen nie Anrufe, aus denen ich derartiges hätte schließen können.

Es war meine Pflicht, den Schreibtisch dieses Gottes jeden Morgen so zu ordnen, wie er es am liebsten hatte: Terminkalender am richtigen Datum aufgeschlagen, Wiedervorlagen nach Wichtigkeit geordnet auf die Mitte der Schreibunterlagen, darauf später die Post – falls er bis dahin noch nicht da war –, rechts davon die Unterschriftenmappe mit noch zu unterschreibender Post, links unters Telefon kürzere aktuelle Akten- und Telefonnotizen, die eventuell in seiner Abwesenheit von mir angefertigt worden waren. Sein Ablagekorb mußte jeden Morgen, wenn er kam, leer sein, da schmiß er im Laufe des Tages alles rein, was er vom Tisch haben wollte. Was nicht bedeutete, daß alles Ablage war. Ich mußte das ganze Zeug sorgfältig durchsehen nach Bemerkungen, Notizen, Anweisungen für mich oder andere. Außerdem mußten die Bleistifte gespitzt in seiner Federschale liegen, ein Rot- und ein Grünstift mußten dabei sein, ein Radiergummi, Lineal, Brieföffner, Schere und Büroklammern. (Ich glaube nicht, daß mein Chef sich für einen Pedanten hielt.)

Wenn all diese Bedingungen erfüllt waren, konnte ich die Ankunft des Herrn erwarten. Es war alles für ihn gerichtet. Seine Sekretärin funktionierte, sein Büro arbeitete, alles lief. Seine Ankunft war nicht vor halb neun zu erwarten, meistens kam er noch später, und so konnte ich – mit seinem Einverständnis – am Ritual des morgendlichen Kaffeeklatsches der Abteilung teilnehmen.

Das Zimmer der «Fürstin» lag meinem schräg gegenüber. Als ich auf den Flur trat, roch es nach Kaffee durch die offene Tür, ich hörte das Geklapper von Geschirr und weibliche Stimmen. Frauen, die Kaffee kochten.

Natürlich kochen die Frauen morgens den Kaffee für die Abteilung, natürlich waschen sie hinterher auch wieder ab, natürlich besorgen sie nach Dienstschluß alles Notwendige. Natürlich. Was denn sonst. Und natürlich erscheinen die Männer erst, wenn sie wissen, daß alles für sie bereit steht.

Die Tür zu meinem Zimmer ließ ich offen, um mein Telefon hören zu können. Im Zimmer der «Fürstin» war alles wie immer: sie selbst noch nicht da, Gudrun O. und Renate H. mit Kaffeekochen beschäftigt, auf dem bequemsten Stuhl, den sie erwischen konnte, saß Heide K. und schälte, ihre geraden Beine säuberlich nebeneinandergestellt, mit konturlosen Fingern eine Orange, deren Schale sie vorher mit einem Messer geschickt eingeritzt hatte, um sich möglichst wenig zu beschmutzen, legte die Schale auf einen kleinen Teller, auf dem auch noch eine riesige grüne Paprikaschote lag, die sie, so wußte man, danach knackend und krachend verzehren würde, als handle es sich um ein knuspriges frisches Brötchen mit Butter.

«Hallo, da san S' ja.»

Ich freute mich, Gudrun zu sehen. Sie goß das Wasser in den Filter und lächelte mir zu. Renate stellte Tassen auf Teller, achtmal, auf einen der halbhohen Aktenschränke, die an der Wand entlangstanden, dazu Gefäße mit Milch und Zucker. «Wo die Fürstin wiada bleibt. Nachher hamma koa Zeit für die Knuschln, wenns' daherkimmt», sagte Gudrun.

Die Fürstin kam jeden Morgen zu spät. Nicht etwa nur ein paar Minuten, aus Versehen. Nein, es war Prinzip, es mußte eine halbe Stunde sein, genau eine halbe Stunde, so als ob ihre Uhr immer eine halbe Stunde nachginge. Das nahm sie sich einfach raus, seit sie nicht mehr im Chefsekretariat saß, einfach eine halbe Stunde Verweigerung jeden Morgen, ein Stückchen Freiheit, Widerstand und Rache wegen der Demütigung vielleicht, Freude an der Ohnmacht der anderen, denn sie wußte, es konnte ihr nichts mehr passieren. Und tatsächlich sagte niemand etwas, man hatte sich daran gewöhnt, es gehörte eben zu ihr. Und wenn sie dann angestürzt kam, liebenswürdig und abgehetzt, auch schuldbewußt, wenn es sein mußte, dann hatte sie dieses und jenes schon erledigt, besorgt, manchmal frische Laugenbrezeln mit Butter für die ganze Abteilung eingekauft, war aber nur halb angezogen und garantiert unfrisiert, so daß Gudrun wieder Gelegenheit haben würde, das schüttere Haar mit viel Toupieren und Spray in eine einigermaßen akzeptable Frisur zu verzaubern, die «Knuschln», wie sie es empört nannte, zu straffen, was der Fürstin immerhin zu neuem Aussehen und Ansehen verhalf, seit sie bei uns war. Denn schon als Chefsekretärin war sie immer unzulänglich frisiert gewesen, und niemand hatte gewagt, ihr das zu sagen. Obwohl gut gekleidet, hatte sie daher immer leicht ärmlich-verschlampt gewirkt.

Wir hatten sie zur Mutter der Abteilung gemacht. Sie sorgte für uns, das war ihr als Aufgabe geblieben, seit sie aus der Chef-Etage in unsere Abteilung abgestiegen war, vor einem Jahr etwa. Da hatte man ihr den üblichen weich verpackten Schlag ins fünfzigjährige Gesicht gegeben. Man nehme an, daß sie langsam mehr Ruhe brauche, nach so vielen Jahren auf dem hektischen Posten im Chefsekretariat, ob sie nicht vielleicht sogar halbtags, nur wenn sie wolle, oder vielleicht Schreibarbeiten, natürlich ohne finanzielle Einbußen, die Firma weiß, was sie verdienten langjährigen Mitarbeitern schuldig ist . . . Irgendwie hatte sie sich gewehrt, so daß sie wenigstens in unsere Abteilung kam mit einem eigenen Aufgabenbereich, ganztags und mit eigenem Zimmer. Eine Berufsehe, fünfundzwanzig Jahre, dreißig Jahre. Danach eine Jüngere. Aber noch immer gab es für die Fürstin so etwas wie den Intimbereich dieser Ehe. Sie hätte viel erzählen können, das letzte Vierteljahrhundert dieser Firma war in sie eingeschrieben, hatte sie geprägt. Doch nur selten ließ sie sich zum Erzählen überreden, sie fühlte sich noch immer zur Diskretion verpflichtet. Nur wie sie zu dem Namen «Fürstin» gekommen war, darüber erzählte sie gern und häufig. Uns war es, als hieße sie schon immer so. Aber sie hatte diesen «Titel» von einem ihrer früheren Chefs bekommen, weil sie eine «von» war. Und vielleicht, wer weiß, auch aus anderen Gründen. Die Zeit mit diesem Chef schien ihre glücklichste gewesen zu sein.

«I bin g'spannt, wann mir endlich die Cafémaschin kriagn. Bis dös wiada durchlaft . . . Tun S' den Boss do amoi wiada stoß'n.» Gudrun hielt den Topf mit dem heißen Wasser über den Filter. «Wann kimmt er dann heit?» Ungeduldige Gesten und vorwurfsvoller Ton. «Ich weiß nicht, jetzt jedenfalls noch nicht, sonst hätte er sicher angerufen». – «Na, hoff 'n ma's. Der wird ja wohl nicht die Frechheit haben . . .» Wenn sie hochdeutsch sprach, betonte sie jede einzelne Silbe, so als lese sie einen schwierigen Text vor. Ihr schnodderiger Zorn wehte morgens durchs Zimmer anregend wie der Duft frischgebackenen Brotes. Heide sah von ihrer Orange hoch und schüttelte den Kopf mißbilligend in Richtung auf Gudrun, die mit dem Rücken zu ihr gewandt an dem Schrank lehnte und dieses Kopfschütteln nicht sah. Ich suchte mir einen Stuhl nahe der Tür, um schnell zum Telefon laufen zu können.

Gudrun hatte einen kleinen runden, schwarz behaarten Körper, den sie liebte und haßte zugleich: sie liebte seine Sinnlichkeit, aber sie haßte seine kugeligen Formen, weil diese sie zu ständigen Hungerkuren, immer neuen ausgeklügelten Diäten zwangen, die sie verabscheute, denn es gab nichts Schöneres für sie als essen. Wenn sie nicht fastete, sondern ihrem Appetit nachgab, dann ging sie auf wie ein Hefekloß, sagte sie. Und das konnte sie nicht ertragen. Sie war sich nicht egal, sie wollte hübsch sein, und das bedeutete für sie zähes Ringen mit sich um jedes Bröckchen Nahrung, ständiger Verzicht auf ihre größte Lust, das Essen.

Sie tippelte durchs Zimmer, um Wasser in den Filter zu gießen, stritt mit Heide über irgend etwas und schwang sich zwischendurch auf den drehbaren Schreibtischstuhl der Fürstin, der für sie zu hoch war, so daß ihre kurzen runden Beine nicht den Boden berührten. Das schien ihr aber sogar recht zu sein, gab ihr Gelegenheit, ihrem Drang nach ständiger Bewegung auch im Sitzen nachzugeben, indem sie mit den Beinen schlenkerte, den Sitz mit den Füßen zum Drehen brachte oder sich mit den Händen vor und zurück, hin und her stieß. Sie lächelte mir zu, sprang vom Stuhl, strich sich mit liebevoller Bewegung über Taille und Hüfte und strahlte: «Neunzig Gramm abgenommen, was sagen S' jetzt, is dös nix! Boid hob i mei oids Gwicht wiada, aber dann, dann komm i nie wieder höher, das schwör i Eana, mei, wenn i dös nur schaff . . .» Der Tag war für sie gerettet, ihr konnte heute nichts mehr passieren, sie würde arbeiten können wie ein Wiesel und alles andere würde auch bewältigt werden wie nix. Die neunzig Gramm weniger waren der Stachel, der sie heute zu Höchstleistungen bringen würde.

Gleich wird die Vorstellung beginnen, unser täglicher Jahrmarkt, das Abteilungskarussell wird sich drehen, die Schaubude sich öffnen, die Figuren sich produzieren, es gibt für jeden etwas, jeder kann was loswerden, jeder spielt seine Rolle so gut er kann. Aber nur, wenn der Chef nicht dabei ist, nur dann kann die Sache reibungslos funktionieren, können die Mimen sich in ihren authentischen Rollen zeigen. Auch wenn unser Chef uns duzt. Oder vielleicht gerade weil er uns duzt. Denn dieses Du ist das des Herrn zu seinem Knecht. Es darf nicht erwidert werden, es bleibt ein einseitiges, nimmt dem Graben zwischen uns und ihm noch die schmale Brücke formaler Höflichkeit. Vielleicht ahnen alle, daß dieses Du das Gegenteil von Vertrautheit ist. Aber es wird nicht in Frage gestellt. Im Gegenteil: wir haben die scheinbare Vertrautheit zum Markenzeichen unserer Abteilung werden lassen und tragen unseren Chef auf diesem Schild nach draußen.

Männliche Schritte wurden hörbar, schwerfällig, plattfüßig, plötzlich übertönt von einem dröhnenden Blaston, der uns ankündigte, jetzt werde gleich Herr Schanz erscheinen, dessen dringendes Bedürfnis es war, vor jeder Art von Zusammenkunft noch gründlich seine Nasengänge durchzublasen, sodann das Taschentuch, nachdem er es eingehend betrachtet hatte, mit einer weit ausladenden Armbewegung zur Hosentasche zu schlenkern – überkam ihn dieses Bedürfnis bei Tisch, was sehr häufig der Fall war, so machte der Arm mit dem Taschentuch einen weiten Bogen über den Tisch –, um es mit großer Sorgfalt ganz tief zu verstauen, weswegen er auch gezwungen war, immer Hosen altertümlichen Schnitts zu tragen, denn modische

Hosen mit diesen quergeschnittenen winzigen Hosentaschen wären für ihn nicht denkbar gewesen, da er seine ganze Gestik, einen Katalog von zwanghaften Bewegungsabläufen hätte aufgeben müssen. Dabei war seine Nase, die diesen Trompetenstoß von sich gab, eine äußerst feine, wohlgeformte, und nur die weitgeöffneten Nasenflügel ließen vermuten, daß mit ihr etwas nicht stimmte. Seine Schleimhäute seien zu trocken, erklärte Herr Schanz immer, wenn er wieder einmal auf seine Angewohnheit hingewiesen worden war oder wenn ihn jemand deswegen erstaunt oder mißbilligend ansah. Damit glaubte er sich und sein Gebläse hinreichend gerechtfertigt zu haben und ließ sich auf keinerlei Diskussion ein. Er sei halt ein schwäbischer Büffel, erklärte ihm Gudrun unverblümt. Aber das entlockte ihm höchstens ein gutmütiges Grinsen. Renate, die für ihn arbeitete, erzählte, wenn er zum Chef müsse, schnaube er vorher gleich zwei- bis dreimal.

Herr Schanz also erschien, mit der rechten Hand gerade das Taschentuch verstauend, in der Tür und grüßte in schwäbischer Mundart. Ich mochte ihn eigentlich von allen Männern der Abteilung am liebsten, was nicht heißt, daß ich ihn überhaupt mochte. Herr Schanz war schwach, und seine größte Schwäche war, daß er das sehen ließ. Er würde nie weiterkommen. Schwerfällig, plattfüßig trat er auf der Stelle und wartete schnaubend, daß er befördert würde. Aber es geschah nichts, und sein geradliniges Phlegma schloß Kämpfen aus. Ständig verletzte er die für den Aufstieg wichtigen Regeln. Gegen die anderen, die schneller waren als er, konnte er nicht an, und so hatte er, um überhaupt eine Rolle zu spielen, die des Sündenbocks der Abteilung übernommen. Man durfte nach ihm treten. Obwohl er ein Betriebswirtschaftsstudium abgeschlossen hatte, bekam er nie Aufgaben gestellt, an denen er hätte wachsen können.

Herr Schanz hat sich festgetreten. Er wird sich im Laufe der Jahre in den Boden dieser Firma treten, Stück für Stück, bis ihn niemand mehr sieht, er selbst sich auch nicht. Er tritt sich weg. Ein Leben wird zertreten, das woanders vielleicht Blüten getragen hätte.

Gudrun ließ keine Gelegenheit aus, ihn spüren zu lassen, daß sie ihn verachtete. Er wehrte sich nicht.

«Kommen S', Sie Schwob Sie, trinken S' Eana Café» (sie betonte Kaffee immer auf der zweiten Silbe). Er zeigte sich überrascht, überhaupt von ihr angeredet zu werden. Renate reichte ihm freundlich eine Tasse, in der sie den Kaffee schon in der von ihm bevorzugten Weise mit Milch und Zucker gemischt hatte. Er dankte es ihr nicht, denn er vermochte es nicht, nett zu Leuten zu sein, die zu ihm nett waren. Und da Renate zu allen nett war, am nettesten aber zu dem, für den sie arbeitete, ihrem «kleinen Chef», war sie das Opferlamm, das er täglich auf dem Altar seines verkommenen Selbstwertgefühls schlachtete. Er gab die erhaltenen Tritte an sie weiter. Sie nahm's geduldig, hingebungsvoll, denn ihr erschien er stark und gut, und das brauchte sie. Sie verstand nicht, wie die anderen so mit ihm umgehen konnten, aber sie ermunterte ihn nie zum Widerstand, jedenfalls nicht in unserer Gegenwart. In ihren Augen wurde er von allen verkannt, sie wähnte sich in der glücklichen Lage, als einzige seinen wahren Wert zu kennen. Er gehörte ihr, und sie gehorchte ihm.

Herr Schanz schluckte seinen Kaffee wie immer wortlos, und auch ein provokantes «Na, ham S' wieder mal gaaar nix erlebt, Sie» von Gudrun konnte ihn nur zu einen müden Schulterzukken bewegen.

Manche konnten es gar nicht erwarten, bis sie ihre Geschichten morgens endlich loswurden. Das waren die, die garantiert immer was erlebten, und wenn sie es erfinden mußten. Und dann gab es die, die nie oder selten irgendwas zu berichten hatten, die lieber zuhörten oder die Geschichten der anderen kommentierten. Zur ersten Gruppe gehörte Gudrun und zur zweiten auf jeden Fall Herr Schanz. Außerdem war Gudrun von großer Neugier besessen und immer darauf aus, irgendwelche Sensationen zu erfahren. Aber an diesem Morgen hatte auch sie nicht viel zu berichten, außer natürlich der sensationellen Neuigkeit, daß sie neunzig Gramm abgenommen hatte. Dieses Thema war aber schon ziemlich erschöpft, und man sah sich gezwungen, die Ankunft der anderen Abteilungsmitglieder abzuwarten.

Herr Vogel erschien, der zweite Mann. Was Herrn Schanz fehlte, er hatte es im Übermaß: herzliche Umgänglichkeit. Sie produzierte sich in ihm im Non-stop-Verfahren, in einer Art

Dauer-Selbstbefruchtung, jede seiner umgänglichen Gesten gebar schon eine nächste, die sich naht- und bruchlos ihrer Vorgängerin anschloß. Es gab keine Situation, in der Herr Vogel nicht in der Lage gewesen wäre, Umgänglichkeit zu erzeugen und diese lächelnd an die Leute zu bringen. Er war beileibe nicht der leutseliglärmende Typ mit der schulterklopfenden Na-alles-in-Ordnung-Kumpel-Masche. Nein, er war von leiser Art, sein Lächeln wurde selten ein lautes Lachen, die Stimme klang, als würde sie mit Absicht ganz hinten im Rachen gehalten und nur teilweise durch die Mundhöhle nach draußen geschickt. Das war seine Grundhaltung: sich zuwenden und dabei gleichzeitig zurücknehmen. In der Unterhaltung oder zur Begrüßung trat er ganz dicht an einen heran und beugte zusätzlich noch den Kopf nach vorn, als wolle er sein Gegenüber küssen (wenn die Leute größer waren als er, sah es so aus, als wolle er geküßt werden). Da er das aber nicht tat, hatte diese Haltung etwas merkwürdig Zwitterhaftes, man wußte nicht, ob einem heiß oder kalt wurde, man war versucht zurückzuweichen und wurde doch zur Nähe gezwungen. Diese Kunst der zugleich aufdringlichen und zurückhaltenden Zuwendung beherrschte er beinahe perfekt. Nur ein kleiner, ganz kleiner Fehler unterlief ihm gelegentlich, war mehr zu ahnen als zu sehen: die Haltung des Kopfes, die herzliche Anteilnahme ausdrücken sollte, wurde dann zu einer Geste, als blicke er wie ein stolzer Reiter vom Pferd auf jemanden herab. Die vornehme Zurückhaltung war ihm unversehens zur Herablassung mißraten. Vielleicht lag es schließlich an dieser Geste, daß Herr Vogel trotz all seiner angestrengten Umgänglichkeit nicht sehr beliebt war. Der Chef mochte ihn immerhin und fand ihn tüchtig, was er sicher auch war, denn er wollte Karriere machen. Er würde es zu etwas bringen. Er hielt sich nach allen Seiten offen.

Morgens ließ Herr Vogel es sich nicht nehmen, jeden einzelnen mit Handschlag zu begrüßen und uns, mit herzlichem Lächeln gerade in die Augen blickend, aus zwanzig bis dreißig Zentimeter Entfernung ein manchmal etwas feuchtes und nicht ganz mundgeruchfreies «Grüß Gott» zu entbieten.

Das tat er auch an diesem Morgen, und als er alle durch hatte, kam die Fürstin hereingekeucht, an beiden Armen Taschen und Tüten, Frisur und Kleider ein Chaos. Auch sie entging nicht Herrn Vogels freundlich-umgänglicher Begrüßung und ließ sich dann erschöpft auf ihren Stuhl fallen, den Gudrun inzwischen geräumt hatte.

Mittlerweile war es Viertel nach acht, jetzt fehlte eigentlich nur noch Herr Berg. Es hatte sich so eingespielt, daß unsere Kaffeerunde bis ungefähr acht Uhr dreißig dauerte, das war immerhin eine Dreiviertelstunde nach Dienstbeginn, und man durfte die Sache ja auch nicht überstrapazieren. Herr Berg kam meistens erst kurz vor halb, denn er hatte sich ein Image zugelegt, das er sehr sorgsam hütete und das im Büroleben viel gilt: er war einer, der nie Zeit hatte, immer unter Druck stand und überarbeitet war. Keiner wußte so recht warum, sein Aufgabengebiet war auch nicht größer als das der anderen. Dennoch glaubte er, das Gegenteil beweisen zu müssen. Erst kurz bevor die Runde sich auflöste, kam er hereingestürzt, grüßte freundlich aber gehetzt, trank eilig seinen Kaffee und sprach hastig über irgendeine ganz wichtige, ungeheuer dringende Angelegenheit, die er jetzt gleich erledigen müsse.

Warum kam er dann überhaupt, wenn er so wenig Zeit hatte? Herr Berg mußte kommen. Er wollte gesehen werden. Er brauchte Publikum, auch morgens schon, denn Herr Berg galt als schön, sexy und männlich. Sein Äußeres stand in krassem Widerspruch zu seinem gehetzten Gebaren: er war sorgfältig gepflegt, achtete darauf, daß sein Teint das ganze Jahr hindurch sportlich braun schimmerte, immer roch er frischgeduscht nach teuren Seifen und anderen Chemikalien, seine Kleidungsstücke waren bis aufs kleinste aufeinander abgestimmt und immer vom neuesten Schick. Am kleinen Finger der linken Hand fehlte nicht der goldene Ring, und golden waren auch die Manschettenknöpfe an den tadellos gestärkten Hemden, das Kettchen, das manchmal an seinem rechten Handgelenk sichtbar wurde und die elegante Taschenuhr nebst Kette, die in einem länglichen Bogen aus der Sakkotasche oder manchmal auch aus der Westentasche hing. Da sah nichts nach Eile aus oder Hetze, für dieses perfekte Äußere mußte Herr Berg Zeit aufgewendet haben, viel Zeit. Vielleicht hatte er nie Zeit, weil er soviel davon für sein Äußeres brauchte. Er war sein Hobby und seine Arbeit zugleich.

Mein Telefon läutete, ich mußte in mein Zimmer laufen, um es zu bedienen. Es war der Chef, der sich eine Telefonnummer durchgeben ließ und ankündigte, er komme nicht vor neun. Na schön, dann konnte man sich ja noch etwas Zeit lassen.

Als ich zurückkam, führte Herr Berg gerade seinen neuen Anzug vor. Unsere anfeuernden und provozierenden Ausrufe des Entzückens und der Bewunderung – Gudrun und ich hatten uns mit einem Blick verständigt – brachten ihn in Fahrt. Sein Lächeln ließ nur andeutungsweise die makellosen weißen Zähne sichtbar werden, die unteren mehr als die oberen, da er die Unterlippe etwas nach unten wölbte wie einer, der sich einer etwas schwierigen Aufgabe widmet, die er soeben im Begriff ist mit Erfolg zu lösen. Es war ein Lächeln, das zugleich Befriedigung und Hunger ausdrückte, Befriedigung über den Erfolg und Hunger nach mehr Bewunderung, seht her, so toll bin ich, aber in Wirklichkeit bin ich noch toller, über alle Maßen toll, bitte glaubt mir doch . . .

Das alles dauerte nicht einmal dreißig Sekunden, aber es war eine ganze Geschichte. Es war ein großartig läppisches Schauspiel, eine traurig-ridiküle Groteske, wie sie nur Männer produzieren können, ohne Anmut, ohne Charme, ohne Geist, nur aufgeblasenes Nichts.

Herr Berg stelzte. Er balzte für uns. Wer weiß, vielleicht richtete sich statt der Federn am Kopf sein Schwanz in der Hose auf. Die Natur mußte sich doch was dabei gedacht haben, wenn sie jemanden in diese Gangart versetzte, da mußte doch etwas dahinterstecken, der Lustgewinn aus dieser Show mußte doch irgendwo münden, und wo denn sonst als im Geschlechtsorgan? Plötzlich gab er sich einen Ruck und besann sich auf sein Image. Die Vorstellung war vorbei, abgeschwollen trank Herr Berg hastig seinen heißen Kaffee.

Das waren sie. Die Szene war komplett, alle Mimen auf der Bühne. Sie hatten ihre Einzelauftritte hinter sich, jetzt mußten sie sich auf die gemeinsame Nummer konzentrieren, in der sie Akteure und Zuschauer zugleich zu sein hatten. Sie kannten ihre

Rollen in- und auswendig, spielten sie schon jahrelang, die Rollen waren das geworden, was man die zweite Natur nennt, man merkte gar nicht, daß hier gespielt wurde, alles war ganz echt, wie im Leben. Es war das Leben. Es war ihr Leben. Es war mein Leben. Ich war auf der Bühne und mußte meine Stichworte abwarten wie alle anderen und den anderen die Stichworte geben und ihnen zuschauen und mir zuschauen lassen und applaudieren und auf ihren Applaus warten. Jeder spielte für jeden, jedermann war jedermanns Zuschauer, ein Panoptikum sich bewegender, sich drehender Figuren, mal der eine, mal der andere im Blickpunkt, die Plätze tauschend, niemals jedoch die Rollen. Sie achteten streng darauf, daß es zu keiner Berührung untereinander kam, jeder zog einen magischen Kreis um sich, der mit ihm wanderte, aus dem er niemals heraustrat und in den niemand eindringen durfte. Denn Berührung hätte Entdeckung bedeutet, die Berührung der Körper hätte vielleicht ein Stückchen Seele freigelegt, ein paar Träume, Wünsche, Begierden, Ängste, die hier nichts zu suchen hatten, die nicht zu dem Stück gehörten. Und so machte jeder in seinem Kreis die vorgeschriebenen Drehungen und Gesten, allein mit sich. Nur darin ist Sicherheit. Magischer Kreis oder schäbiges Rollenhemd. Zwischen die Körper schieben sich Schreibtische, Akten, Diktate, Anweisungen, Hierarchien.

Es sah so aus, als würde an diesem Morgen nichts mehr passieren, als wäre der Auftritt des Herrn Berg der Höhepunkt gewesen. Niemand hatte so recht etwas zu erzählen, die Gespräche drehten sich bereits ums Geschäftliche, um die Arbeit, Neuigkeiten aus dem Haus waren auch nicht zu berichten, es passierte zur Zeit offenbar nichts, was sich breitzutreten, auszuwalzen gelohnt hätte, etwas Aufregendes, Skandalöses, ein Rausschmiß, ein Verhältnis, jemand Neues, irgend etwas. Worüber also sollte man reden! Über den Chef? Der gab auch nichts her als Gesprächsstoff, war irgendwie kein Thema, vielleicht zu hautnah, man traute sich doch nicht so ganz, vertraute sich vielleicht nicht, schließlich war er ja auch beliebt. Nicht einmal von mir konnte man etwas über ihn erfahren, was den Sensationshunger befriedigt hätte. Na, habts wieder gar nixn erlebt gestern, fragte Gudrun angewidert. Aber sie selbst hatte auch nichts zur Unterhaltung beizutragen.

Auch Herr Vogel nicht, der morgens stets um angeregte Unterhaltung bemüht war und der es liebte, sich der Abteilung als Bewunderer alles Kulturellen darzustellen, das er in Form von mehreren Konzert- und Theaterabonnements zu konsumieren pflegte. Die anderen machten sich nichts daraus, hatten andere Interessen. Deswegen gab er, wo immer und wann immer es ging, detaillierte Beschreibungen seiner kulturellen Erlebnisse, wobei er so tat, als habe er Gleichgesinnte vor sich, Leute seines Bildungsgrades, die sich auskannten im deutschen Kulturgut, die es hochhielten wie er. Er schmiß mit Namen um sich, die keiner kannte, verteilte Lob und Tadel auf Schauspieler, Interpreten, Regisseure, Dirigenten, tat so, als seien diese allen Anwesenden ein Begriff und als hätte hier jeder seine Meinung dazu. Alle hörten geduldig zu, keinen interessierte es, keiner äußerte sich, weil er sich schämte, nicht so gebildet zu sein wie Herr Vogel. (Wir gehen z. Zt. gar nicht so gerne ins Residenztheater, meine Frau und ich, es ist nicht mehr das, was es noch vor einem Jahr war, und das Publikum ist auch nicht so gut zur Zeit, vielleicht nehmen wir da gar kein Abonnement mehr . . .)

Aber die Oper. Das war's. Seit ihrer Neueröffnung, einfach zauberhafte Abende dort. Und das Publikum, zauberhaft. Wenn Herr Vogel zauberhaft sagte, dann konnte man sich drauf verlassen, daß alles in höchstem Maße gelungen war, daß mindestens fünfundneunzig Prozent des Publikums seiner Meinung waren. Denn Herr Vogel wußte, wann er für sein Geld gute Ware erhalten hatte und wann nicht. Darauf legte er Wert. Kein Schund bitte. Alles hatte geschmackvoll zu sein. Er blickte uns tief in die Augen, reihum, jedem einzelnen, wie ein Märchenonkel, der sein kindliches Publikum von der Wahrheit und tieferen Bedeutung seiner Geschichten überzeugen will. Unsere Nichtbildung war der Rahmen, in dem seine Bildung in vollem Glanze erstrahlen konnte. Einmal, als er sich überschwenglich zu einem Konzert mit Mahler-Sinfonien äußerte, hatte ich zu ihm gesagt: Wissen Sie, Herr Vogel, ich kann die Scherzi in Mahlers Sinfonien nicht ausstehen. Das brachte ihn total aus dem Konzept, er sah einen Sprung in dem für ihn so wertvollen Rahmen, seither wurde er vorsichtiger.

Ich rührte langsam in meiner Kaffeetasse, die ich in der linken Hand hielt, und sah, als ich den Löffel über die Oberfläche des Kaffees hielt, wie der in Bewegung geratene weißliche Schaum auf dem dunkleren Kaffee sich langsam beruhigte, sein strudeliges Kreisen sich verlangsamte und allmählich eine gleichmäßige ruhige Scheibe wurde, bestehend aus unzähligen winzigen bräunlich-weißen Perlchen, am Rand eine kleine Erhöhung bildend, wie ein Krater, dessen sanften Grund ich sogleich wieder zerstören wollte, die Ruhe verwandeln in einen jagenden Strudel.

Ich war allein in meinem Kreis.

Nur Jürgen hatte ihn öffnen können und war hereingetreten. Noch ehe sich unsere Körper berührt hatten, war er mit seinen Augen einfach zu mir hereingekommen, da konnte ich gar nichts machen, es war plötzlich ganz eng geworden und ganz warm, Nähe hatte ich gespürt, unbekannt bisher, nicht die aufgeregten eisigen Funken zweier aneinanderreibender, aneinanderstoßender Kreise. Sein Lächeln hatte einen sanften Wärmebogen geschlagen, auf dem wir einander entgegengegangen waren, es war ganz einfach gewesen, nur ein paar Schritte, bis wir uns berührten, das Einfachste von der Welt.

Es war kurz vor halb neun geworden, Zeit, die Kaffeerunde aufzulösen. Da es ohnehin nichts mehr zu reden gab, trank man noch die Tassen leer und rüstete zum Aufbruch in die einzelnen Zimmer. Wann kommt der Chef heute? Herr Vogel wollte ihn gleich sprechen. Die Männer waren die ersten, die das Zimmer verließen, allen voran Herr Berg, weil er es wieder furchtbar eilig hatte. Herr Schanz stampfte nach ihm hinaus, in der Tür noch eine Frage an Herrn Vogel richtend, die dieser ihm väterlich-höflich beantwortete, indem er ganz nahe an ihn herantrat und ihn, die Hand auf seiner Schulter, zur Tür hinaus auf den Gang schob. Ihre leergetrunkenen Kaffeetassen ließen sie uns zurück.

Mancher, der ein Buch liest, murrt …

... wenn er Werbung findet, wo er Literatur suchte. Reklame in Büchern!!!? Warum nicht auch zwischen den Akten in Bayreuth oder neben den Gemälden in der Pinakothek?

«Rowohlts Idee mit der Zigarettenreklame im Buch (finde ich) gar nicht anfechtbar, vielmehr sehr modern. Hauptsache, es hat Erfolg und nützt dem Buch, was die deutsche Innerlichkeit dazu sagt, ist allmählich völlig gleichgültig, die will ihren Schlafrock und ihre Ruh und will ihre Kinder dußlig halten und verkriecht sich hinter Salbadern und Gepflegtheit und möchte das Geistige in den Formen eines Bridgeclubs halten – dagegen muß man angehen ...»

Das schrieb Ende 1950 – Gottfried Benn.

An Stelle der «Zigarettenreklame» findet man nun in diesen Taschenbüchern Werbung für Pfandbriefe und Kommunalobligationen. «Hauptsache, es hat Erfolg und nützt dem Buch.» Und es nützt auch dem Leser. (Für die Jahreszinsen eines einzigen 100-Mark-Pfandbriefs kann man sich beispielsweise zwei Taschenbücher kaufen.)

4

Manchmal, wenn ich um diese Zeit in mein Büro zurückkam, fiel ein Sonnenstrahl schräg durch die langweiligen Gitter der weißen Standardgardinen meines Fensters. Von der linken oberen Ecke ging er, etwa vierzig Zentimeter breit, in einer zum Fenster diagonalen Linie nach rechts unten, wo er an einer bestimmten Stelle auf den grauen Sisalboden traf und dort einen hellen Streifen malte. Mehr als diese vierzig Zentimeter Sonnenlicht, die nach kurzer Zeit zu schrumpfen anfingen, bis sie auf einmal wieder ganz verschwunden waren, konnten nicht in mein Zimmer gelangen, da die gegenüberliegenden Häuser es nicht zuließen.

An diesem Morgen blieb selbst der kurzlebige Sonnenstrahl aus, ich mußte das Licht anlassen. Ich ging zum Fenster. Der schwere Himmel hockte auf der gegenüberliegenden Häuserwand. Die beiden klebten aufeinander, flossen gleichsam ineinander, keine Konturen, keine scharfen Schatten oder Linien, etwa von Fenstern, störten das einheitliche Grau. Das Gitter der Gardine teilte das Fenster in lauter kleine weißgerandete graue Vierecke.

Wenn ich dichter herangehe, wachsen die Vierecke. Die Wand rückt näher. Ich sehe durch ein vergittertes Fenster ein Bild ohne Leben. Wenn ich lange genug durch die Gitter sehen, nichts als dieses Bild sehen müßte, würde die Leblosigkeit mich erreichen. Nicht die Farbe, die Häßlichkeit dieser Wand ist so unerträglich, sondern das Wissen um ihre Leblosigkeit. Starre. Stillstand. Stummheit. Großstadtlandschaft. Wo ist ihr angeblich so pulsierendes Leben. Wo bleibt hier der Wandel, die Bewegung, in der wir lebendig mitschwingen?

Ich spüre den nahenden Winter: kurze Aufenthalte in der Landschaft vor der Stadt, Spaziergänge mit übertriebenem Atmen, bei denen man Natur nur in ihrem erstarrten, abweisenden Zustand erfährt, nicht ihren Wandel, die behutsamen Bewegungen ihrer Veränderung, die Sanftheit und Selbstverständlichkeit der fließenden Übergänge, in denen Sicherheit und Trost liegt. Die Wochenendausflüge in eine grau-schwarze Novemberlandschaft, mit der ich keine Vertrautheit herstellen kann, weil ich nicht in ihr lebe, nichts mit ihr mache, sind wie leblose Diabilder an-aus-an-aus, ohne Bezug zu mir. Ich weiß, daß der schnelle Wechsel zwischen der erstarrten Großstadtlandschaft und einer ebenso starren, trostlosen Natur, daß die Unmöglichkeit, zwischen September und November langsam in den Winter hineinzufließen, ihn freiwillig in mich aufzunehmen, mir spätestens im Dezember wieder den Magen zu einem steinharten Klumpen zusammengepreßt haben wird. Mein Magen wird wieder zum Mittelpunkt aller Erstarrung werden.

Wenn ich am Fenster meines Büros stand, hatte ich den Schreibtisch im Rücken:
du mußt dich jetzt rumdrehen du mußt anfangen auch bei dem wetter und bei den aussichten muß gearbeitet werden oder gerade deswegen was weiß ich dreh dich rum es nützt nichts lös die augen von der grauen wand und guck deinen schreibtisch an er wartet auch hinter deinem rücken es ist schon fast zwanzig vor neun immerhin beinahe eine stunde nach dienstbeginn und du hast noch nichts getan es ist ja nicht so daß es nichts zu tun gäbe und bald kommt der alte bis dahin ist ruhe nur bis dahin danach ist es aus dann kommt die hektik ja ja die hektik ist schau muß überhaupt nicht sein wird inszeniert gehört zum geschäft zum davonlaufen manchmal widerlich manche mögens ja ich nicht ich hasse das hektische getue nichts als getue also geh jetzt an den schreibtisch und versuch aus der halben stunde noch was zu machen los fang an wenn doch nur das telefon läuten würde dann müßte ich mich rumdrehen besonders ruhig heute niemand will was also gut ich drehe mich jetzt um . . .

Terminplanung, der Terminkalender, das Herz des Büros. Mir fiel das schwer. Es gibt Termingenies, die machen das mit Lust. Ich nicht. Ich mußte mich anstrengen, wenn ich organisieren sollte. Wo Überblick, blitzschnelle Entscheidungen, Koordination nötig wäre, da war bei mir nur lahmes Hin- und Herschieben, langes Überlegen, blindes Suchen nach den besten Möglichkeiten. Manchmal brachte ich alles durcheinander. Aber keiner merkte es. Bis vor kurzem hatte ich Angst gehabt vor dem Gewicht, der Wichtigkeit, dem Druck der Namen und Daten in dem Kalender. Aber seit ich angefangen hatte, über die Wichtigkeit der sogenannten wichtigen Termine nachzudenken, hatte sich etwas verändert. Ich begann den Glauben an die Bedeutung des Wortes «wichtig» zu verlieren, es auszuhöhlen, ließ es zur Worthülse werden, leicht. Es bedrückte mich nicht mehr so sehr.

Die wichtigen, die sogenannten, angeblich so überaus wichtigen Dinge in diesem Zimmer. Was gelten sie denn außerhalb der Firmenmauern, jenseits der grauen Wand vor meinem Fenster? Für wen sind sie denn eigentlich so wichtig? Sie sind wichtig für die, die sie für wichtig erklären, für die, die zu wichtigen Personen erklärt wurden. Behauptungen sind sie.

Ich ertrage das Wort wichtig in diesem Zimmer nicht mehr. Es hat hier nichts mehr zu suchen. Ich enthaupte es. Nun stehe ich da ohne dieses Wort, und die anderen werden es sehen. Denn Wichtiges kann für mich nur noch außerhalb dieses Hauses geschehen, ich muß das Wort wichtig mit anderen Inhalten füllen, es neu für mich einlösen. An diesem Wort werden sich die Geister scheiden.

Zum Schreibtisch ging ich noch immer nicht. Erst noch mal Hände waschen. In den Spiegel gucken. Noch einmal Lidschatten, Rouge, nicht zuviel, so, lächeln, hübsch, alles wie es sein soll.

Sich an diesen Büroschreibtisch setzen, würde heißen: das Innere nach außen stülpen, es wegschieben, es durch das Fenster hinter die graue Wand werfen, wo es irgendwo atmen konnte, und das Loch, das es zurückließ, mit Büro ausstopfen. Gründlich ausstopfen, damit ich ein schöner Balg wurde, der aussah wie echt, lebendig, perfekt, nichts zu sehen von Holzwolle und Sägespänen. Am Büroschreibtisch blieb kein Erleben mehr, nur Handeln war da, gesteuert von den Abläufen des Büroalltags. Funktionen, funktionieren, funktionsgerecht handeln. Wenn ich erst einmal saß, fing das Funktionieren an. So war es immer, jeden Tag erst das Zögern, der Widerwille, die unbewußte Angst vor der kommenden Abkehr von mir selbst und dann das stückweise Hinübergleiten in die Funktion. Alle Tage. Das war mein Alltag. Ich ließ es zu, daß das alle Tage wieder so war, mußte es zulassen. Jürgen sagt, das darfst du nicht zulassen. Was soll ich denn machen, es ist doch mein Beruf. Und außerdem muß ich ja

Geld verdienen. Du brauchst einen anderen Schreibtisch, sagt Jürgen.

Schreibtisch und Schreibmaschinentisch bildeten eine rechtwinklige Festung, einen Keil, schräg ins Zimmer geklotzt, die Spitze zur Außentür, links zum Fenster und rechts zur Tür meines Chefs hin offen. Saß ich auf meinem drehbaren Stuhl, so hatte ich die Tür zum Flur in jeder Position im Auge, egal ob ich tippte oder telefonierte oder schrieb. Ich brauchte der Tür nie den Rücken zu kehren. Beobachtend saß ich hinter einem Bollwerk, das dem Eintretenden drohend entgegenstarrte, das mich schützte und gleichzeitig präsentierte. Man wirkt immer etwas erhöht, wenn man auf seinem drehbaren Stuhl dahinter sitzt, denn der Stuhl ist ziemlich hoch gestellt, damit man alle Arbeiten bequem erledigen kann, auch in der Hektik keine Zeit verliert, den Überblick behält. Über den Wall dieser Festung konnte niemand so ohne weiteres dringen. Ich war die Herrin, von meinem rollenden Stuhl aus konnte ich jeden in die Schranken weisen, auf Distanz halten, gefahrlos auskundschaften, wem Zugang zu gewähren sei. Zugang nicht zu mir, versteht sich, beziehungsweise nur bedingt zu mir. Nein, Zugang natürlich zum Allerheiligsten, zum Chef. Denn selbstverständlich diente dieser ganze Abwehraufbau nicht meiner Sicherheit, sondern seiner. Ich war ja nur der Posten, der Wache halten mußte vorm Tor. Abfangen. Fernhalten. Abwimmeln. Abschirmen, Hauptaufgaben einer Sekretärin.

Es war kurz vor neun geworden. Er würde wohl bald kommen. Im Terminkalender waren nur zwei Termine für den Vormittag verzeichnet. Ein Besucher um 10.30, ein Mann von einer Zulieferfirma, da wußte ich, daß mein Chef wieder ungeduldig werden, den Mann vielleicht fertigmachen würde, weil die Lieferungen nicht klappten, und uns fehlten dann die Teile für die Montage, Versprechungen und Entschuldigungen von seiten des Mannes, er selbst sei auch sitzengelassen worden, und so weiter, unerfreulich, aber wir sind ja kein Wohlfahrtsunternehmen, unsere Kunden warten, Lieferverpflichtungen, wir müssen, und es geht ja nicht, nein so geht es nicht. So ähnlich würde das laufen, diese Geschichten kannte ich, sie kamen häufig vor, denn wir beschäftigten eine Menge Zulieferfirmen, kleine und kleinste Unternehmen, Ein-Mann-Betriebe manchmal, sie waren alle abhängig von uns, angewiesen auf uns. Und wir natürlich auf sie, denn alles kann man nicht selber machen in so einem Unternehmen wie unserem, denn wir sind kein Multi, der vom Dosengemüse bis zum Raupenschlepper alles unter eigener Regie macht. Wir sind nur die Tochter eines relativ kleinen amerikanischen Elektronikwerks, wir sind selbst Zulieferer für die Riesen, beziehungsweise wir arbeiten mit ihnen zusammen an großen Projekten, Regierungsaufträge, NASAprojekte, Militär und so weiter, da haben die Großen natürlich das Sagen und wir sind froh, wenn wir mitmachen dürfen. Aber wir sind eben spezialisiert und unsere Sachen sind gut und bekannt, unsere Auftragslage war bis jetzt immer befriedigend, wir müssen uns ranhalten, die Konkurrenz schläft nicht. Und so ein nicht pünktlich liefernder Zulieferer konnte schon ganz schönen Ärger machen, denn an meinem Chef blieb's hängen, es bleibt immer am Verkauf hängen, der kriegt die Prügel, wenn der Umsatz zurückgeht, auch wenn's an der Fertigung liegt, zum Beispiel. Also mußte mein Chef streng mit dem Mann sein, es ging um sein Interesse.

Dann war noch ein Besprechungstermin für 12 Uhr mit den Herren der Abteilung eingetragen, komische Zeit, aber vielleicht wollte er es kurz machen, weiß gar nicht, was er heute mit denen will, ach ja, der Vogel wollte ihn vorher noch, mal sehn, kann ihn ja anrufen. Und um 14.30 bei der Geschäftsleitung, Besprechung mit einem hohen Tier von der Mutter in USA. Da will er sicher noch Unterlagen, ich warte erst mal, weiß noch nicht, um was es geht. Vielleicht muß ich ja auch Protokoll führen. Eigentlich Sache der Chefsekretärin, aber manchmal durfte ich sie vertreten.

Die großen Stunden der Sekretärin: Protokollantin, Dolmetscherin und Gesellschafterin in einem. Natürlich die einzige Frau. Beim Essen, nach dem Aperitif, werden die Herren dann meist gelockert, durch die Sachlichkeit ihrer Manageraugen dringen kleine weiße Blitze in meine Richtung, sie suchen Kontakt und bemühen sich, aus meinen Augen eine Antwort auf ihre

Signale zu bekommen, sie bitten heimlich um die Chance, mir zeigen zu dürfen, daß hinter ihren maßgeschneiderten Manageruniformen, hinter diesen meist sonnen- oder höhensonnengebräunten Gesichtern über den korrekt gebundenen geschmackvollen Krawatten und den überaus eleganten modischen Hemdkragen, daß hinter all dieser Imagepflege Leben wohnt, Männer warten, gierig darauf warten, in attraktiven Frauen dieses Image widergespiegelt zu sehen. Und die einzige Form der Widerspiegelung, die sie kennen, ist, möglichst viele Frauen davon zu überzeugen, daß es sich lohnt, mit ihnen ins Bett zu gehen. Dort können sie sich dann in aller Ruhe gehenlassen, können für kurze Zeit mit ihren Maßanzügen ihre ganze große Welt ablegen, die sogenannte, aber nicht etwa den Frauen zu Füßen, sondern auf ihre Seelen, wie auf einen Misthaufen, von dem sie sie mit ihren Klamotten dann eifrig wieder herunterklauben, wenn sie ihre kalte Lust verspritzt haben. Und noch immer glauben viele Frauen daran, daß Managerschwänze besser sind als andere, nicht schöner oder größer oder so, sondern einfach besser, weil es eben Managerschwänze sind, göttlich, denn Manager sind Götter, sie gehören zu einer Welt, die für Frauen unerreichbar ist, eine Herrscherwelt, stark, potent, anbetungswürdig, geheimnisvoll. Und wenn sie herabsteigen zu uns, wer wollte da nicht entzückt die Beine breitmachen? Wer würde es wagen, diese Götter zu zerfleddern, ihre Schwänze zu ignorieren, sie ganz einfach zu Menschen zu machen?

Das war der Terminkalender für heute. Ich wußte ungefähr, was mich erwartete.

Im Stenoblock waren noch ein paar Sachen vom gestrigen Diktat. Damit konnte ich mich beschäftigen bis er kam, das sah dann wenigstens nach Arbeit aus.

Schon wieder dieses schlechte Gewissen: nur ja nicht den Anschein erwecken, als habe man nichts zu tun, als bekomme man sein Geld für nichts, als würde man schmarotzen, die Firma betrügen, nicht wissen, was man ihr schuldig ist, kein Pflichtbewußtsein haben. Schuldgefühle, wenn ich mir und anderen nicht beweisen konnte, daß jede Sekunde der acht Stunden, die ich verpflichtet war, für die Firma zu arbeiten, auch wirklich der

Firma gehört hatte. Horror vor der eigenen sogenannten Faulheit. Sichtbar machen, daß man korrekt und loyal ist, daß man weiß, was Pflicht bedeutet. Sich der Pflicht bewußt sein. Pflichtbewußt sein. Ich war es in hohem Maße. Mich brauchte man nicht zu kontrollieren oder anzutreiben, ich hatte meinen inneren Aufpasser, der mit der Peitsche knallte: du mußt. Aber ich dachte nicht: ich muß. Ich dachte: ich will. Ich will tüchtig sein. Ich will korrekt sein. Ich will fleißig sein. Ich will zuverlässig sein. Ich will schön sein. Ich will eine perfekte Sekretärin sein.

Also, jetzt das Diktat von gestern tippen. Ich wollte, bis mein Chef kam, wenigstens etwas davon in der Mappe haben, mich von meiner guten Seite zeigen. Tippen war eine meiner besten Seiten. Die Perfektion meiner Schreibarbeiten: Meisterwerke sozusagen, vollkommen, was Schriftbild, Aufbau und Symmetrie von Papier und Text betraf. Ich brachte den Text jeweils so auf das Papier, daß er nach allen Rändern hin den gleichen Abstand hatte. Wenn es sein mußte, zählte ich die Zeilen und schrieb kurze Texte mehrmals, bis ich diesen Effekt erreicht hatte. So verlieh ich dem Geschriebenen eine ihm angemessene banale Ästhetik, die mich aufs höchste befriedigte. Selten machte ich Tippfehler. Auch wenn ich sehr schnell schrieb, gelangen mir mühelos lange Passagen fehlerfrei. Und da ich sehr schnell war, konnte ich es mir leisten, wegen eines einzigen Fehlers eventuell eine ganze Seite noch einmal zu tippen. Ein Tippfehler auf einer schön komponierten Seite war für mich wie ein Farbklecks auf einem Gemälde. Ich konnte ihn nicht ertragen. An hektischen Tagen, wenn ich diesem Drang nach Perfektion nicht nachgeben konnte, war mein Gleichgewicht gestört, wurde ich nervös und gereizt. An guten Tagen hatte ich abends eine Mappe voller makellos getippter Schriftstücke. Sie waren das eigentliche Werk des Tages, das ich am Abend stolz betrachten konnte, und ich blätterte die Mappe mehrmals durch, um mich immer wieder von der Gelungenheit zu überzeugen.

Es war das Handwerk, das ich verstand, an dessen Gelingen ich mich erfreuen konnte, das mir sinnfällig Befriedigung und Selbstbestätigung brachte. Kreativitätsdrang im Leerlauf, sinnlose Sinngebung. Aber vielleicht hatte das Sinnlose den Sinn, mich vorm Durchdrehen oder vorm Absterben zu bewahren.

Im Stenogramm war ein längerer Brief an einen Kunden. Ich schätzte ihn auf eineinhalb Seiten:

drei weiße Kopien, davon eine für uns, eine für die Fertigung, eine für Herrn Berg und eine rosa für den Ordner mit Tageskopien. Mechanische Griffe in die einzelnen Schubfächer des Schreibmaschinentisches, Deckblatt, Kohle, Durchschlag, Kohle, viermal, am Schluß rosa, der letzte brauchte nicht so gut zu sein. Kantengleich legen, aufstoßen, mehrmals, von zwei Seiten, längs und quer, bis alles stimmt. Einspannen. Die Schreibmaschine steht schon abgedeckt da und wartet. IBM Kugelkopf, rotbraun, elegant, schnell, variabel, das Beste vom Besten.

Die Schreibmaschine war für mich keine Maschine. Sie war ein Instrument, auf dem ich Künstler sein durfte. Sie war ein Körper, den die Berührung meiner Finger lebendig machte. Sie war ein Spiegel, in dem ich Tag für Tag mein Ich betrachten konnte: alle meine Stimmungen und Launen machte sie mit, meine Höhen und Tiefen maß sie genau und ließ sich nicht bestechen. Was ich in sie hineintat, das gab sie wieder, nur das. Sie reagierte in vollkommener Weise auf mich, strafte mich, wenn ich schlecht mit ihr umging, lobte mich, wenn ich gut war. Sie ließ nicht mit sich reden. Ich liebte und ich haßte sie. Wenn ich auf ihr schrieb, wurden wir eine Einheit, wir konnten zusammen in einen Rausch fallen, in dem wir uns gegenseitig wahre Wunder an Konzentration und Beherrschung abverlangten. Ich beherrschte sie, sie beherrschte mich. Beim ersten Anschlag morgens wußte ich, ob wir einen guten oder einen schlechten Tag vor uns hatten. Der erste Anschlag stellte entweder eine Trennung her oder ließ uns zur Einheit werden. Denn der erste Anschlag durfte nicht ein einziger Buchstabe sein, zögernd, stockend, abwesend, nach weiteren rufend aufs Papier gesetzt. Der erste Anschlag mußte bereits ein blitzschnelles, perlendes Band mehrerer Buchstaben sein, mindestens ein ganzes Wort, fehlerlos, aus einem Guß, am richtigen Platz.

Ich schrieb das Wort «Firma» an die auf dem bedruckten Papier dafür vorgesehene Stelle: das kleine a erschien Bruchteile von Sekunden nach dem großen F, die fünf Buchstaben waren fast gleichzeitig angeschlagen worden, meine Finger hatten so synchron gearbeitet, daß sie die Maschine zwar nicht durch gleichzeitiges Anschlagen mehrerer Tasten blockierten, den Abstand zwischen Gleichzeitigkeit und Hintereinander aber so gering hielten, daß die Trennung beinahe aufgehoben war. Die Maschine gab einen Ton von sich, einen einzigen Ton, der die fünf Anschläge zwar enthielt, sie dem Ohr aber entzog. Ein sekundenschneller Wirbel, ein kurzes brrrr, ein Schwall kleiner metallischer Schläge.

Das erste Wort des Tages stand da, leicht, sauber, erwartungsvoll. Ich wußte, meine Maschine und ich würden heute gut miteinander umgehen können.

Die vollständige Anschrift schrieb ich genau in die Mitte des mit vier kaum sichtbaren kleinen Ecken markierten Feldes: Firma . . . schalten Name . . . schalten . . . z. Hd. Herrn . . . Abt. . . . zweimal schalten . . . Ort, unterstreichen . . . schalten . . . PF . . . schalten . . . drehen bis Ihr Schrb.v. . . . Wo ist der Vorgang . . . also genau unter das I: Datum des letzten Schreibens . . . Leertaste bis Ihr Zeichen: genau unter das I: Diktatzeichen des Kundenbriefs mit Kürzeln für Abt., des Diktierenden, der Kollegin . . . wer war's, ach ja, die und der, sie kenne ich vom Telefon, er war schon mal hier, ganz netter Mann . . . Leertasten bis: Unser Zeichen . . . genau unter das U:vkf-Gr/Wa, Wa das bin ich, die Tipsen stehen immer am Schluß . . . Leertaste bis Datum . . . genau unter das D das heutige Datum . . . schalten so, jetzt Betreff, also Walze drehen bis circa 3 cm Abstand, wie lang wird der Brief, ja, Deckblatt plus etwas mehr als eine halbe Seite, also einzeilig schreiben, Randabstand nicht zu groß, sieht schöner aus, wenn der Rand bei längerem Text nicht so breit ist, aber natürlich auch nicht zu schmal, das muß man eben im Gefühl haben, also links einstellen auf drei cm, rechts möglichst gleich halten. Diese Überlegungen dauerten nur Sekunden, ich überlegte eigentlich gar nicht, ich machte das mit Augen und Fingern, die automatisch nach einem Blick auf Stenogramm und Papier die entsprechenden Handgriffe an der Maschine ausführten, ohne Aufwand an Geist und Zeit. Jetzt also der Betreff: Betr.: soundso . . . gibt nur eine Zeile . . . schalten, Walze eine halbe Zeile weiterdrehen, unterstreichen . . . zweimal schalten . . . Sehr geehrter Herr . . . hat er das diktiert? steht nichts da, wird er aber meinen, den Herrn . . . redet er eigentlich immer persönlich an.

Wort für Wort des Stenogramms wurde von meinen Augen aufgenommen und durch die Finger in die Maschine geleitet. Die Diktate meines Chefs waren so gut, daß es beim Schreiben kaum Stockungen gab. Augen, Finger und Maschine waren aufeinander abgestimmt: Bruchteile von Sekunden, nachdem die Augen das stenographierte Wort fotografiert hatten, war es von meinen Fingern schon in Buchstaben zerlegt und von der Maschine aufs Papier gedruckt. Ungleichzeitige Gleichzeitigkeit. Aus dem Stenogramm wurde ein ratterndes Band gleichmäßiger Schreibmaschinenanschläge, es klang, als ob eine lange Holzperlenkette durch eine gerade passende Metallöffnung gezogen würde, schnell, aber nicht hastig, nur hin und wieder unterbrochen von einem helleren, lauteren metallischen Ton, wenn der Kugelkopf vom rechten zum linken Rand geschleudert wurde. Alles ging ohne Anstrengung, zumindest spürte ich keine. Meine Finger übten haargenau den leichten leisen Druck aus, das spielerische Gleiten, das für diese Maschine notwendig war, sie hatten die Lage der Buchstaben auf der Tastatur seit langem verinnerlicht, sie schlugen quasi bewußtlos zu, bekamen keinen Befehl vom Gehirn, verlängerten und übersetzten nur das, was meine Augen sahen, mein Gehirn war gar nicht eingeschaltet, jedenfalls wurde der Weg zwischen Augen und Fingern so schnell zurückgelegt, daß die Umschaltung nicht wahrnehmbar wurde, sie war genausowenig spürbar wie bei der Empfindung von Schmerz der lange Weg vom einen Nervenende zum anderen spürbar wird.

Ich wünschte mir, den ganzen Tag so schreiben zu können. Nur schreiben. Lange Texte, mit schönen Absätzen, Berichte, Briefe, Protokolle. Aber leider war das nicht mein Job. Ich war ja Sekretärin und nicht Schreibkraft. Den Wunsch, nur zu tippen, durfte ich gar nicht hochkommen lassen. Denn ich mußte auf mein Image achten. Ich kannte den Unterschied genau: Schreibkräfte bedienen Maschinen, Sekretärinnen dürfen Männer bedienen, Maschinen sind Nebensache, für eine Sekretärin ist nicht wichtig, wie sie tippt, sondern für wen sie tippt.

Das Telefon unterbrach meinen Schreibfluß kurz vor dem Ende der ersten Seite. Es war eben neun Uhr gewesen, hoffentlich wurde wenigstens dieser Brief noch fertig. Manchmal ging es so heftig los morgens, daß ich bis mittags nicht dazu kam, eine angefangene Sache fertig zu machen. Jemand wollte meinen Chef sprechen.

So, erste Seite des Briefes fertig, einwandfrei, ausspannen. Zweite Seite einspannen, oberen Rand nicht zu klein lassen, denn der Text reichte ja nur noch für ca. eine halbe Seite, mit Grußformel und Unterschrift ungefähr eine Dreiviertelseite. Gerade als ich das Anschlußwort auf der zweiten Seite gefunden hatte, schnarrte wieder das Telefon. Also Unterbrechung. Dann weiter, noch mal das Anschlußwort suchen, ich wollte unbedingt diesen Brief noch fertig machen. Keine Hektik, nicht verrückt machen lassen, wenn's nicht geht, geht's nicht. Sonst vertippe ich mich und dann ist es ganz aus. Schön ruhig. Aber bis ich zum Ende des Diktats kam, wurde ich noch zweimal unterbrochen.

«Ihrer Antwort sehen wir mit Interesse entgegen und verbleiben . . .» Schreibe ich «mit freundlichen Grüßen» oder «mit vorzüglicher Hochachtung»? Ach, lieber «mit freundlichen Grüßen», die kennen sich ja ganz gut, ist auf jeden Fall etwas lockerer als die vorzügliche Hochachtung. Also Kugelkopf genau in die Mitte des Papiers, viermal schalten, «mit freundlichen Grüßen», zweimal schalten . . . dann Firmenname darunter und zwar so, daß vorne und hinten unter dem Gruß jeweils vier Buchstaben überstanden, denn der Name war acht Buchstaben länger als die Grußformel, die Einteilung war genau festgelegt, bei jeder Grußformel mußte eine andere gewählt werden, damit das Bild symmetrisch wurde, das machte man ja x-mal am Tag, da brauchte man nicht zu überlegen.

Fertig, wenigstens das schon mal erledigt. Das war ich mir schuldig. Mein Chef würde mich, wenn er gleich kam, in voller Aktion finden.

Der Arbeitstag hatte von mir Besitz ergriffen, das Tippen mich geöffnet für das Eindringen des Büroalltags in meine Denk- und Bewegungsabläufe, für das Verschmelzen meiner Person mit dem, was um mich war. Ich konnte jetzt endlich aktiv werden: Die Passivität beherrschte mich wieder.

Passivität war die Voraussetzung dafür, daß ich diese Aktivität entfalten konnte. Sie machte es möglich, daß ich mit jedem Handgriff mehr und mehr die Distanz zu den Dingen um mich herum verlor und mich im gleichen Maße von mir selber entfernte. Es ging alles wie von selbst. Ich merkte nichts mehr. Wie auf der Straße morgens verlor ich mich in den Objekten ringsum, wurde ein Teil von ihnen, nicht so schlagartig wie im morgendlichen Straßenverkehr, sondern in kleinen Portionen, stückweise, aber genauso gründlich. Gründlicher eigentlich, denn morgens im Verkehr spürte ich noch die Abwehr, den Widerwillen, die Angst, die diese Hölle in mir auslöste. Im Büro spürte ich dann nicht einmal mehr, wie die Dinge um mich herum, das Telefon, die Maschine, der Schreibtisch, die Akten, jede Büroklammer, jeder Fetzen Papier anfingen über mich zu bestimmen, mich zu beherrschen. Nein, das Gegenteil vermeinte ich zu spüren: Zufriedenheit, endlich «in Schwung» zu kommen, ich ließ mich willig ergreifen von meinem Arbeitseifer, meinem Pflichtbewußtsein und tat so, als hätte i c h das Büro wieder in Besitz genommen und nicht umgekehrt, als sei ich hier die Herrscherin und nicht die Beherrschte.

Ich hatte mein Rollenhemd wieder fest um mich gewickelt, es wärmte mich, ich fühlte mich wohl. Die graue Wand vor meinem Fenster und die dahinterliegenden Träume rutschten weg, Jürgen rutschte weg, wurde weggedrängt, hatte keinen Platz mehr, wenn Alltag mein Inneres mit Steinen füllte, mich zumauerte. War es so? Ich, zugemauert wie ein Fenster, nur noch Steine als Ausblick, Steine statt Sternen, statt Himmel, statt Wahrheiten. So könnte es gewesen sein. Aber ich fühlte keine Steine, ich sah keine Steine. Ich spürte Boden unter den Füßen, die Vertrautheit mit den Gegenständen, ich akzeptierte diese Vertrautheit, akzeptierte mich als Objekt unter Objekten, stellte keine Fragen mehr nach der Wichtigkeit des Unwichtigen. Ich wollte eine perfekte Sekretärin sein.

Ich zündete mir eine Zigarette an, griff einen Vorgang und erledigte ihn mit der von mir erwarteten Sorgfalt.

5

Als mein Chef kam, war es schon fast zehn Uhr. Das Telefon hatte unzählige Male gesummt, nichts Wichtiges eigentlich, aber eben eine Menge Leute, die irgend etwas von ihm wollten. Jetzt lag auf meinem Schreibtisch ein Stoß kleiner Zettel, auf denen ich zu jedem Anruf eine kurze Notiz gemacht hatte. Die Zettel hatten den Vorteil, daß sie beweglich waren, ich konnte sie meinem Chef eventuell sogar in die Hand geben, wenn er einen der Anrufe selbst erledigen wollte. Im Stenoblock würde ich die Notizen vergessen, während die kleinen Zettel so lange aufdringlich auf meinem Tisch herumlagen, bis sie erledigt waren.

Einerseits war ich immer froh, wenn ich nicht schon kurz nach Dienstbeginn seiner Dynnamik ausgeliefert war. Es kam sehr selten vor, daß er vor neun Uhr erschien. Wenn er es tat, empfand ich das als Zumutung, als Übertreibung, als Nichtachtung meines Rechts auf einen ruhigen Beginn meines Arbeitstages.

Auch wenn er sich in einem solchen Fall ganz ruhig an seinen Schreibtisch setzte und Akten las, mich an der Kaffeerunde teilnehmen ließ oder sogar einen Kaffee mittrank, sah man ihn morgens vor neun nicht gern. Man brauchte erst einmal wenigstens eine halbe Stunde unter sich. Das Späterkommen der Chefs ist nicht nur ihr Privileg, sondern auch eine Notwendigkeit. Ein Privileg der Untergebenen: morgens noch kurze Zeit ohne Vorgesetzten sein dürfen.

Sein Eintritt morgens war für mich ein wichtiger Moment. Ich sah ihm mit ängstlicher Gespanntheit entgegen. Von ihm hing der Verlauf des weiteren Arbeitstages ab, er entschied weitgehend über die kommenden Stunden. Doch am allermeisten war ich selbst abhängig davon.

Ich kannte meinen Chef. Ich hatte gelernt, ihn zu sehen. Ich beobachtete ihn. Ich war ihm nah. Das tägliche Stück Leben, das wir miteinander teilten, schaffte eine gleichsam körperlose Intimität, ohne Berührung durch Hände, Mund, Haut. Es war die Intimität, die ihre Vermittlung sucht über andere Körper: wir berührten uns über die Dinge, mit denen wir umgeben waren, über Akten, Telefon, Terminkalender, Schreibtische.

Ich hatte den Körper dieses Mannes nie kennengelernt, ihn nie berührt, wollte mit ihm nichts zu tun haben. Im stundenlangen täglichen Zusammensein gab es nichts, was mir seinen Körper irgendwie wichtig gemacht hätte. Er entzog sich meiner Wahrnehmung. Und doch war ich abhängig von ihm. Nicht von seiner Körperlichkeit, aber von dem, was daraus entstand, was sich durch sie über das Medium Arbeit herstellte: unser Verhältnis Chef–Sekretärin. Dieses Verhältnis schaffte die Intimität und machte uns zugleich zu Fremden. Niemand war mir fremder als mein Chef.

Und auch das Du, das er uns allen zuteil werden ließ, blieb vor der Tür zu seinem und meinem Arbeitszimmer. Es wäre hier vielleicht kein väterliches mehr gewesen. Das Du brauchte Zeugen.

Die Tür wurde ohne Klopfen geöffnet. Mit einem Blick hatte ich sein Befinden erfaßt und ihm eine Note erteilt: befriedigend. Es gab drei Notenstufen: gut, befriedigend, schlecht. Nur selten wurde diese blitzschnelle Einstufung vom Verlauf des Tages überholt, dementiert durch eine umschlagende Stimmung. Meistens blieb er dabei. So wie er kam, so ging er auch wieder. Ereignisse des Tages waren kein Anlaß, einen grundsätzlichen Wandel seiner Laune zuzulassen.

Bei guter Laune wäre er anders zur Tür hereingekommen, nicht viel, aber eine Spur anders. Nicht der Gesichtsausdruck war es, der blieb eigentlich immer gleich, immer, auch bei schlechter Laune, freundlich, lächelnd. Auch der Gruß verriet nichts, die Freundlichkeit in der Stimme stand der des Gesichtsausdrucks nicht nach. An seinem «Guten Morgen» war nichts auszusetzen. Es waren andere Signale, die mich die Note «befriedigend» erteilen ließen, kaum sichtbare Signale, von denen er selbst nichts wußte. Ich besaß die Antenne, sie aufzufangen. Zum Beispiel die Art, wie er die Klinke der Tür bediente: bei «schlecht» wurde sie leise, langsam, drohend runtergedrückt, hielt er sie lange in der Hand, wie um sich an der Tür noch einmal einen Halt für seine Haltung zu verschaffen. Bei «gut» ging die Klinke ohne besondere Merkmale runter, harmonisch, ohne

Zögern, aber auch nicht etwa übertrieben fröhlich oder gar ausgelassen. Übertriebene Fröhlichkeit zeigte sich nur, wenn er wußte, daß er nur mittelmäßig gelaunt war und sich den Anschein von besonders guter Laune geben wollte. Dann war seine ganze Gestik beim Eintritt um eine Spur zu gewollt, irgendwie verdreht. Er kam dann auch nicht gerade, Gesicht nach vorne herein, sondern mit einem merkwürdigen seitwärts gerichteten Schritt, übertrieben groß, weit ins Zimmer hinein, mir halb den Rücken zuwendend, das Gesicht betont von mir abgewendet und den Blick auf die Klinke geheftet. Erst wenn die Tür mit Sorgfalt geschlossen worden war, drehte er sich mir zu und entbot mir sein nicht verräterisches «Guten Morgen».

Ich hatte gerade ein Telefongespräch beendet, den Hörer legte ich mit der linken Hand auf die Gabel, mit der rechten schrieb ich die Notiz auf einen der dafür vorgesehenen Zettel. Trotzdem hatte ich Zeit gehabt, die Signale aufzufangen, sie waren für mich wie die Ouvertüre zu einer Oper, denn gerade wie in einer solchen wurden damit die Erwartungen in eine bestimmte Richtung gelenkt.

Meine Erwartungen für diesen Tag waren nicht gut und nicht schlecht. Sie hingen irgendwo dazwischen.

Mein «Guten Morgen» kam ebenso freundlich, lächelnd und ruhig wie das seine. Ich hatte mich auf ihn eingestellt und fing an, meine Bewegungen, mein Lächeln, meine Stimme dem Urteil «mittelmäßig» entsprechend zu färben. Ich wurde, wie er mich brauchte an diesem Tag: aufmerksam höflich, zurückhaltend freundlich, unaufdringlich, nett und möglichst nicht zu hektisch. Das war das Gute an mittelmäßigen Tagen. Da wollte er keine Hektik, oder nur wenig. Da schob er gelassen manches vor sich her, von sich weg, was an guten Tagen in den Strudel der überschäumenden Dynamik gerissen, an schlechten noch verbissen durchgekämpft würde. Insofern waren die mittelmäßigen eigentlich die guten Tage für mich. Nur wußte ich, daß an solchen Tagen ihm alles ziemlich schnell auf die Nerven ging und daß er geneigt war, durch Blicke und Gesten, niemals durch eine laute Stimme, seinen Unmut zu äußern. Und das konnte ich schlecht aushalten. Denn meine gerade an mittelmäßigen Tagen auf ihn gerichtete Antenne empfing jede Störung und setzte sie in meinem Verhalten um in ängstliche Aufmerksamkeit. An Tagen mit schlechter Stimmung konnte ich innerlich den Kopf einziehen, meinen Rücken spannen und mich einigermaßen gelassen der klaren Situation stellen: er ist «stinkig». Und dieses Urteil allen kundtun, die es brauchten. An guten Tagen, an seinen guten Tagen also, bemühte ich mich, seiner Dynamik standzuhalten, zeigte meine Bereitschaft, seine gute Laune auch zu meiner zu machen, konnte es auch hin und wieder riskieren, dies zu verweigern. Aber das brachte mir nur Schuldgefühle. Manchmal stellte ich mir vor, wie das wäre, umgekehrt: wenn er morgens sofort meine Stimmung erkunden, sich auf mich einstellen, mir meine Wünsche von den Augen ablesen müßte. Der Gedanke war absurd. Zum Lachen. Denn was steht einer Sekretärin mehr an, als sich mit ganzer Kraft, mit Hingabe und Lust den Bedürfnissen ihres Chefs anzupassen.

Mag sein, daß auch er merkte, wenn ich nicht besonders fit war. Er überging es. Nie hat er mich gefragt. Nie hab ich ihn gefragt. Es gab keine solchen Fragen zwischen uns.

Mittelmäßig also. Eine Aufgabe für mich: durch den Tag kommen, zwischen den beiden Polen gut und schlecht, die nicht erkennbar waren, ohne klare Orientierung, schwankend, meiner Wahrnehmung überlassen und meiner Einbildung, dafür aber sicher ohne Demonstration von Leistungswillen und Hektik seinerseits. Ein unbestimmter, unbestimmbarer Tag lag vor mir.

Meine Höflichkeit ging nicht soweit, daß ich zur Begrüßung aufstand. Das war auch nicht nötig, denn wir gaben uns morgens nicht die Hand. Ich blieb sitzen und sah ihm von meinem Drehstuhl über den Schreibtisch hinweg entgegen.

Heute war kein Tag, der Mantel oder Hut erfordert hätte. Der graue, ungewisse Himmel über der relativ milden Dunstglocke der Stadt war dafür nicht ausreichend. Er liebte es, nur im Anzug, ohne Mantel und Hut zu gehen. Es macht jünger, dynamischer, sportlich, abgehärtet. Den Stil der Zeit maß er sich an. Auch wenn es regnen würde, wäre er dem Regen nicht ausgesetzt gewesen, da er, wie ich wußte, zu Hause direkt durch den

Keller in die Garage ging, wo sein Wagen stand, und diesen erst in der Tiefgarage der Firma wieder verließ.

Ich fand, er sah gut aus heute. Er sah immer gut aus, schien das mühelos zu schaffen, anders als Herr Berg, bei dem man die Anstrengung spürte. Er konnte es sich sogar leisten, sich quasi von seiner eigenen Erscheinung abzuwenden, sie scheinbar nicht zu beachten. Als Mann in leitender Stellung wußte er, was ihm zukam, was seine hohe, schlanke Gestalt zur Geltung brachte. Er war der Typ, der in vergammelten Jeans noch besser wirkt als im Maßanzug, den man sich aber genauso im eleganten, seidenen Hausmantel vorstellen kann, Whiskyglas und Zeitung in der Hand, mittags um zwölf, ganz *leisure man*, 19. Jahrhundert, Frühkapitalist oder Aristokrat, wahrscheinlich letzteres, mit ererbtem *savoir vivre*. So sah er aus, aber so war er natürlich nicht. So durfte er gar nicht sein.

Ob seine Frau ihn anzog? War sie es vielleicht, die wußte, was er brauchte? Ich stellte mir vor, wie sie ihm morgens seine Kleidung zurechtlegte, vielleicht immer an denselben Platz, so wie ich ihm seine Akten auf seinem Schreibtisch zurechtlegte. Wir kannten uns kaum, seine Frau und ich. Aber wir waren die Frauen in seiner Nähe, die Frauen, die er brauchte, die für ihn da waren, die ihm zur Verfügung standen, ihn zierten. Seine Mütter. Er ging zwischen uns hin und her. Morgens zu mir, abends zu ihr. Jede von uns hatte ihr Teil an ihm. Jede zu ihrer Zeit. Sicher war sie ebenso stolz wie ich, von ihm gebraucht zu werden.

«Das war der Weber gerade», sagte ich, als er nach zwei schnellen Schritten an der Vorderfront meines Schreibtisches stand, seine Aktentasche auf den äußersten Rand der Platte stellte, sie aber festhielt und mich und meinen Schreibtisch mit der Frage im Blick ansah, ob inzwischen etwas Wichtiges passiert sei. Sein Blick galt nicht mir, in der Art, wie meiner ihm galt. Er prüfte nicht mein Befinden. Sein Blick galt meiner Person nur als Übermittlerin der für ihn wichtigen oder interessanten Botschaften. An seinen guten Tagen galt er hin und wieder meinem Äußeren. Aber diesen Blick versuchte er zu verstecken. Er gestattete ihn sich selten, denn er hielt es für selbstverständlich, eine gutaussehende Sekretärin zu haben. Das

Problem hatte für ihn ein ebenso sachliches zu sein wie die Auswahl der ihm angemessenen Möbel. Ich habe nie geprüft, wie es gewesen wäre, wenn er Grund gehabt hätte, mein Äußeres plötzlich nicht mehr als ihm angemessen zu betrachten.

Er blickte schnell und forschend über meinen Schreibtisch, stellte den Hals schräg, um etwas erkennen zu können, da die Schrift auf fast allen Papieren für ihn auf dem Kopf stand. Zur Sicherheit noch die Frage: «Gibt's was?» Denn er hatte es gern, wenn es bei seinem Eintreffen schon «etwas gab», wenn er sofort von irgend etwas mitgerissen wurde, das Gefühl bekam, daß der Laden erst richtig lief, wenn er da war. Diese Erwartung suchte ich nach Möglichkeit zu enttäuschen. Es spielte sich fast jeden Morgen dasselbe ab: er geil auf irgend etwas, was ihn den großen Macher sein ließ, und ich darauf aus, ihm diese Lust zu verderben. Natürlich durfte ich dabei nicht übertreiben. Denn erstens mußte ich aufpassen, daß er dieses Spiel nicht durchschaute, und zweitens wurde von mir ja soviel Intelligenz und Durchblick verlangt, daß ich wissen mußte, was wichtig war und was nicht. Aber ich hatte trotzdem großen Spielraum. Ich erlaubte mir, eine Menge Dinge als nicht wichtig genug einzustufen, um meinen Chef nicht schon morgens gleich auf Touren zu bringen. Und an einem Tag mit mittlerer Laune kam ihm das entgegen. Bei guter Laune hatte er sowieso meistens schon vorher etwas erfunden oder gefunden, was ihn berechtigte, mit enthemmter Dynamik an mir vorbei in sein Zimmer zu stürzen und an seinem Schreibtisch anzufangen zu agieren. Dann hatte er es gar nicht nötig, sich bei mir erst Futter für seine Gier nach *action* zu holen.

Von mir kam also heute wie üblich: «Nichts Besonderes. Ein paar Anrufe. Ich hab alles notiert.» Er schien ganz zufrieden. Nahm zögernd, nachdenklich seine Tasche wieder an sich. Heute also nicht die schreckliche Manier, sich näher mit dem zu beschäftigen, was auf meinem Schreibtisch lag, sich darüber zu beugen, jedes Blättchen Papier hochzuheben und zu lesen oder gar um den Schreibtisch rumzugehen und sich hinter mich zu stellen, zu gucken, was in der Schreibmaschine war, nicht um mich zu kontrollieren, nur aus Neugierde und vielleicht Angst, etwas zu verpassen. Ich fühlte dann den Burgfrieden meiner

Festung gestört, die Privatheit meiner Schreibtischwelt mißachtet.

Es lag nicht ein einziges privates Objekt auf diesem Schreibtisch, ich hatte nichts zu verbergen. Aber auf diesem Schreibtisch schien es nicht einmal die Privatheit hinter den Objekten für mich geben zu dürfen. Das mußte er mir manchmal zeigen, auch wenn er nicht wußte, daß er es tat, und ich nicht wußte, warum ich ihn dann haßte.

«Na gut. Termine?»

«Ja. Halb elf haben Sie den Paulus von der Gußteilefirma in Gauting bestellt. Die Unterlagen liegen auf Ihrem Tisch. Um halb zwölf die Herren von der Abteilung. Herr Vogel wollte Sie vorher noch sprechen. Vierzehnuhrdreißig Besprechung oben. Sonst eigentlich nichts bis jetzt.»

«Reicht auch. Oben wird's ja auch dauern. Ich will sehen, daß Sie mit raufkommen. Geben Sie mir mal gleich den Vogel. Post schon da?» – Dabei ging er schon links an meiner Schreibburg vorbei zur Tür, die in sein Zimmer führte. Während ich seine Frage verneinte und zum Hörer griff, sah ich seiner großen eleganten Gestalt nach. Mit seinen dichten, leicht angegrauten à la Helmut Schmidt frisierten Haaren wirkte er interessant.

Trotzdem war es uninteressant. Interessant war nur das Interesse der anderen an ihm. Ich war froh, für ihn zu arbeiten. Daß er nicht interessant war, ging niemanden was an. Ich hätte es auch gar nicht erklären können. Vielleicht fand ich ihn nur langweilig, weil diese Sicht die einzige war, die ein gutes Arbeitsverhältnis garantierte. Er fand mich auch langweilig, sicher. Wären wir uns woanders begegnet, hätten wir uns vielleicht interessant gefunden. Unser Arbeitsverhältnis hatte die Libido von vornherein verschluckt und umgewandelt in das für dieses Verhältnis Notwendige. Und so wurden wir Visitenkarten füreinander – die beste Visitenkarte einer Sekretärin ist immer noch ein interessanter Chef.

Ich rief den Vogel an und stellte das Gespräch durch. Sollte ich jetzt noch einen neuen Brief anfangen? Hatte wohl keinen Sinn. Außerdem kommt gleich der Mann von der Zulieferfirma, es ist ja nicht mehr lange bis halb elf. Also mach ich ein bißchen Ablage.

Ich habe es gern ordentlich. Es darf sich nicht viel ansammeln in meinem Ablagekorb, ich hasse Berge von ungeordnetem Papier, überquellende Körbe, stundenlanges Suchen nach einem Schriftstück, das man ganz schnell braucht. Meine Ordnung ist vorbildlich, mein Ablagesystem so, daß jederzeit jemand anderes mich vertreten kann. Ich genieße die Befriedigung, die mir eine wohlgeordnete Reihe tadellos und nach einer bestimmten Logik angelegter, nicht überfüllter, immer auf dem neuesten Stand befindlicher, mit Registern, beschrifteten Einlagen unterteilter Ordner gibt. Wenn mein Chef die Akte X verlangt, dann muß diese Akte innerhalb von kürzester Zeit auf seinem Tisch liegen. Daran habe ich ihn gewöhnt und ich koste seine kleine Abhängigkeit aus, die sich dann jedesmal in seinem anerkennenden Lächeln spiegelt.

Eine seltsame, nicht in meinem Bewußtsein erscheinende Veränderung hatte stattgefunden, seit mein Chef an seinem Schreibtisch saß: ich befand mich zwar in meinem Zimmer, meine Augen, Hände, Füße erledigten die notwendigen Blicke, Griffe, Schritte, aber ich hatte mich von ihnen getrennt und war mitgegangen in das Zimmer meines Chefs, stand vor seinem Schreibtisch und wartete darauf, etwas für ihn zu tun. Mein Zimmer erlebte ich als «draußen», mein «Drinnen» war der Raum, in dem er sich befand. Während ich «draußen» mechanisch, wie eine gut funktionierende Maschine meine Arbeit machte, beobachtete ich, ohne daß ich durch die offene Verbindungstür zu sehen brauchte, jede seiner Bewegungen, hörte, was er am Telefon zu Vogel sagte, und war bereit, jederzeit meine körperlose Anwesenheit durch eine sichtbare zu ergänzen. Ich hatte mich noch weiter von mir entfernt: war ich vor einer knappen Stunde als Ganzes ein Teil der Objektwelt des Büros geworden, so wurde diese Ganzheit nun zerbrochen dadurch, daß sich mein Bewußtsein von diesen Dingen löste, um sich in Form einer wachsam wartenden Aufmerksamkeit durch die Bedürfnisäußerungen eines mir nah-fernen Individuums verwalten zu lassen. Ich brachte meine Bedürfnisse mit seinen in Einklang, sorgte dafür, daß die Verschmelzung stattfand, die allein uns zu Dienern einer gemeinsamen Sache machte. Keine sichtbare Geste, die das je von mir verlangt hätte. Aber auch keine, die es unterbunden hätte.

Wir sind zufrieden. Unser Verhältnis ist angenehm. Unsere Zusammenarbeit vorbildlich. Er ist ein guter Chef. Ich bin eine gute Sekretärin. Wir funktionieren.

Ich hörte, wie er das Gespräch mit Vogel beendete und den Hörer auflegte. Ruft er? Nein. Es klopfte an die Tür. Auf mein «ja bitte» kam der Mann herein, der für zehn Uhr dreißig angemeldet war. Ich grüßte ihn freundlich, war aber mit einem Schritt an der Verbindungstür und schloß sie. Ein Besucher wie dieser konnte nicht einfach vorgelassen werden. Dieses Recht hatte fast niemand und der schon gar nicht. Seine Bedeutungslosigkeit mußte sich erst noch durch mindestens zehnminütiges Warten im Vorzimmer dokumentieren.

Das Warten im Vorzimmer ist das Initiationsritual der Geschäftswelt. Hier werden die Plätze auf den Ranglisten sichtbar. Das mußt du in den Fingerspitzen haben. Wenn du gegen diese Gesetze verstößt, ist das für alle Beteiligten peinlich. Denn jeder unterwirft sich dem Ritual, fast jeder, Ausnahmen sind selten und werden entsprechend bestraft. Alle wissen genau, wie lange sie zu warten haben, und wären überrascht und hilflos, würde man sie grundlos dieser Sicherheit berauben.

Dieser Besucher war ein Lieferant. Das Gegenteil von einem Kunden. Also auf der Bedeutungsskala ganz unten. Mochte sein, daß er woanders eine Rolle als wichtiger Kunde spielte, sicher war das so, jeder ist irgendwo auch Kunde. Aber hier war er nichts, noch dazu ein Lieferant, der meinen Chef in Schwierigkeiten brachte. Also erst mal warten lassen. Und natürlich keinen Kaffee. Es war sowieso erst knapp halb elf. Pünktlich mußte der natürlich sein, er durfte es nicht wagen, meinen Chef als seinen wichtigsten Kunden warten zu lassen. Verspäten dürfen sich ja nur die ganz Großen, die müssen das sogar, das gehört auch zum Spiel. Ein ganz logisches Spiel, man muß nur die Regeln kennen.

Ich bat den Mann, einen Moment Platz zu nehmen, Herr Dr. Groß sei noch beschäftigt. Der Mann war sympathisch, Typ älterer Handwerker, in dessen Gesicht Klugheit eingeschnitzt schien. Er sah mich an, wir lächelten uns zu, und ich war plötzlich froh, daß er da war und daß er so war. Er hatte ganz blaue Augen, sein weißes, volles Haar war an der rechten Seite gescheitelt und glatt gekämmt. Dann fing er an zu reden und ich merkte, er war einer, dem man gerne zuhört, er war einer von denen, die etwas zu sagen haben, weil man sie in jedem Satz, den sie sprechen, wiederfindet, denn sie spiegeln sich in ihrer Sprache, die sie ihr Leben lang nicht aufgegeben haben. Seine im Dialekt weich ruhenden Sätze waren sein Besitz, drückten sein Selbstbewußtsein aus. Gegen dieses ruhige Selbstbewußtsein würde mein Chef nicht ankommen. Dieser hier würde sich von den Versuchen meines Chefs, ihn klein zu machen oder ihm zu drohen, nicht beeindrucken lassen. Er sah aus, als ginge ihn das alles hier nichts an, als beeindrucke ihn nur seine Welt, von der ich nichts wußte.

Ich wollte ihm gerade einen Kaffee anbieten, als der Summer am Telefon ertönte. Ich mußte rein. Also beschränkte ich mich auf ein freundliches Kopfnicken. Gerne hätte ich ihm weiter zugehört.

«Würden Sie bitte Ihren Block holen. Ich muß diktieren, sonst vergeß ich's.»

«Aber der Paulus wartet doch draußen.»

«Egal, der kann warten.»

Bei mittlerer Laune durfte man nur einmal widersprechen. Also ließ ich es dabei und ging meinen Block holen, nicht ohne dem netten Mann noch versichert zu haben, es sei gleich soweit und da ist etwas zu lesen. Seine ruhigen blauen Augen lächelten in mich hinein, und einen Moment lang dachte ich an Jürgens Augen und fühlte mich leicht.

Die Aktennotiz, die er mir diktierte, war kurz und völlig belanglos. Wenn er solch unwichtige Sachen schriftlich fixiert haben wollte, dann hatte er meistens ganz andere im Kopf. Irgend etwas drehte er dann in sich herum, einen Gedanken, mit dem er nicht weiterkam, deshalb mußte er etwas anderes von sich geben, vielleicht nur, um nicht zum Stillstand zu kommen, um die Geburt der anderen Sache voranzutreiben und sich gleichzeitig davon abzulenken. Irgendwann kam dann etwas aus ihm heraus, manchmal sehr viel später, manchmal auch noch unmittelbar nach dem Ablenkungsmanöver. Heute hatte ich gar keine Ahnung, was es wohl sein könnte. Ich wollte auch gar nicht darüber nachdenken, bemühte mich nicht, es schon vorher durch einfühlsames Mitdenken herauszufinden. Er ging mir plötzlich sehr auf die Nerven. Ich wollte weit weg sein. Die zwei Sätze hättest du auch nachher diktieren können. Als ob du gespürt hättest, daß meine Aufmerksamkeit für kurze Zeit nicht dir und deinen Aktennotizen, deinen Vorgängen, deiner Laune, sondern dem ruhigen Lächeln aus zwei blauen Augen gegolten hatte.

«Kann er jetzt reinkommen?»

«Moment, ich muß noch schnell in den Vorgang sehen. Ja, schicken Sie ihn rein. Wann kommen die von der Abteilung?»

«Halb zwölf.»

«Gut. Dazwischen diktier ich was. Lassen Sie heut früh keinen mehr kommen, wenn's geht.»

Ich öffnete die Tür und sagte, während ich die Klinke in der rechten Hand hielt und mich mit dem Rücken gegen das Holz lehnte, mit einer einladenden Geste:

«Bitte, Herr Paulus.»

Der Mann schlug ruhig das Heft zusammen, in dem er geblättert hatte, stand auf, ging um meinen Schreibtisch herum, an mir vorbei, seine blauen Augen lächelten ganz nah, als ich ihm mit ausgestrecktem Arm die Tür aufhielt. Und während ich sie leise hinter ihm schloß, hörte ich die zu laute, unsichere Stimme meines Chefs auf die Ruhe dieses Mannes prallen.

Das Telefon summte. Es war Gudrun, die wissen wollte, ob ich mit ihr und den anderen zum Essen gehen würde.

«Weiß noch nicht. Ich glaub, der hat noch einiges. Werde wohl später gehen müssen.»

Die Angestellten und auch die Sekretärinnen hatten Tischzeit von zwölf bis halb eins. Aber es gab zwei «Damen», die von dieser Regelung zumindest teilweise ausgenommen waren: die Chefsekretärin und ich. Uns konnte man zur üblichen Zeit nicht zum Mittagessen schicken, denn man mußte gerade dann über uns verfügen können. Also gingen wir, wenn unsere «Herren» und ihre Arbeitspläne es zuließen. Manchmal wurde es halb zwei. Ihr Privileg, auch über unsere Tischzeit verfügen zu können, erschien als unser Privileg, mit ihnen essen zu dürfen, abseits von denen, zu denen wir gehörten. Aber dieses Privileg war selbstverständlich jederzeit widerrufbar, es erlosch sofort, wenn sie nicht im Haus waren, wir nicht gebraucht wurden. Es war ein Scheinprivileg. Wir wurden betrogen. Und wir wollten betrogen werden, schlossen die Augen, ließen es zu, gaben uns hin, ahnten nichts. Nicht einmal eine Ahnung. Doch. Du ahnst . . .

du ahnst, es ist ein betrug, den du hassen solltest. doch bist du nicht fähig zur vorsicht, verliebst dich in diesen betrug, machst ihn zum selbstbetrug, brauchst ihn. gehst dann mit einem schwarm eitler managerleichen durch die gänge, die in der nachmittagszeit besonders still sind, und hoffst, daß du kollegen begegnest, damit sie dich als die von diesen göttern erwählte und zu ihnen emporgehobene erkennen mögen und bewundern. du bist froh, wenn hier und da eine Tür sich öffnet und du, scheinbar gleichgültig wichtige Worte wechselnd, jemanden, den du gut kennst, übersehen kannst. dann lachst du lieber noch etwas lauter, anstatt ihn zu grüßen, damit er dich ja nicht übersieht in deinem glanze. du bist gierig nach den lustvollen schwellungen des stolzes, bei denen zu sein, die dir diesen glanz geben. und wenn sie ihn dir auch wieder nehmen am nächsten tag oder dem übernächsten: es bleibt ein rest davon an dir, wenn du wieder bei deinesgleichen bist. und du sagst, was für ein glück, daß ich heute mal nicht mit denen da oben, sondern mit euch, ihr lieben, und meinst es auch so. aber ein teil von dir meint das gegenteil und wäre froh, wenn die distanz zu denen hier größer wäre als die zu denen da oben.

Aber ich wollte jetzt noch gar nicht ans Essen denken. Es war ja nicht einmal elf. Wenn um halb zwölf die Herren von der Abteilung kamen, dann würde er sicher von zwölf bis eins diktieren, dann essen gehen und um vierzehn Uhr nach oben. Also mit ihm alleine zum Essen. So wird es wohl heute aussehen. Ganz nach seinen Bedürfnissen. Als «Team», das gleiche Ziele und Aufgaben erfüllt, werden wir durch die Gänge und über den Hof zur Kantine gehen, isoliert im Dienste einer gemeinsamen Sache. Ein vorbildliches Team, beneidenswert diese Zusammenarbeit. Nicht einmal richtig Zeit zum Mittagessen nehmen sie sich. Wer nimmt sich hier was und wen? Tüchtigkeit verpflichtet. Isolation ist ehrenhaft. Wieder ein Tag der Isolation. Unendlich lang, der Tag, der vor mir liegt, eine zähe Kette von Stunden voller Anspannung, Anstrengung, Distanz, ohne einen einzigen Moment der Erschlaffung, der Nähe. Ich habe Angst vor diesem Tag. Warum bin ich nicht weit weg? Ich muß schnell, ganz schnell, sofort jemanden sehen, mit jemandem reden.

Jürgen hat recht, ich weiche auf, der Verband zwischen mir und dem, was hier um mich ist, löst sich auf. Täglich passieren Einbrüche, die mich aus meiner Ruhe schleudern und ein langes Zittern in mir lassen. Ich dachte an den Mann da drin, sah ihn auf mich deuten, auf meinen Chef, auf alles hier, auf die Undeutlichkeit, die Undeutbarkeit unserer Lebensäußerungen.

Vielleicht war es wirklich so, daß ich auf einmal an blaue Blumen denken mußte, ich glaube, es wäre ganz natürlich gewesen, in diesem Moment an blaue Blumen zu denken, oder vielleicht an die blaue Blume, die keiner je gefunden hat, von der niemand weiß, wie groß ihre Schönheit wirklich ist, ob sie duftet oder stinkt. Vielleicht war auch nur ein in mir schlummerndes Blau geweckt worden, das sich jetzt auszubreiten drohte, wie eine wuchernde Pflanze. Es war kein Einbruch von Angst, wie ich ihn damals fast täglich erlebte, es war eher das lustvolle, undefinierbare, sich weich anfühlende Bedürfnis, mich in dieses Blau aufzulösen, innerhalb der Grenzen meiner Haut, und in dieser neuen Form von innerer Aufgelöstheit ganz ruhig wegzugehen. Einfach aus dem Zimmer gehen. Nicht einmal die Tür hinter mir zumachen, weil sie mich nichts mehr anging.

Dann sah ich die Zigaretten auf meinem Schreibtisch liegen und als ich nach der Schachtel griff, war das Blau schon weg. Ich zündete mir eine an, ging aus dem Zimmer, ohne die Tür hinter mir zuzumachen, aber nur, um das Telefon zu hören, wenn ich bei Gudrun war auf eine Zigarettenlänge. Ohne dienstlichen Grund rüber zu Gudrun. Eine Zigarette lang dem Arbeitstag Nähe stehlen. Wenn er jetzt gerade etwas von mir wollte, hätte ich gar keine Ausrede.

Gudrun brauchte ihre Arbeit nicht zu unterbrechen, kaum aufzublicken, und doch wußte ich, sie hatte mich gesehen. Traurigkeit jetzt in mir, nicht mit ihr zum Essen gehen zu können, miteinander zu reden, über uns zu reden. Wir redeten nur über uns, alles was wir sagten, hatte mit uns zu tun. Wir waren uns wichtig.

«Wie ist er denn heut?»

«So làlà.» Die mittelmäßige Laune deutete ich durch ein Hin- und Herdrehen der erhobenen rechten Hand an.

«Ich kann nicht mit zum Essen.»

Die Zigarette schmeckte gut, ich zog den Rauch tief ein.

«Er will um zwölf diktieren.»

«Schad.»

Aber so wollte ich es nicht lassen, ich brauchte noch eine Brücke, die mich über den langen Tag brachte.

«Um zwei muß ich wahrscheinlich mit nach oben. Aber vielleicht dauert's da ja nicht so lang, dann können wir hinterher noch, der geht danach sicher . . .»

«Ja . . . das heißt, wenn der Berg dann grad nichts will. Aber i werd dem scho . . .»

Das würde sie wohl. Ihr Kugelkörper machte bei diesem Satz eine energische Bewegung, als säße Herr Berg bereits vor ihr, gerade an einer Formulierung kauend, die ihm nicht gelingen wollte, und sie voller Ungeduld auf ihrem Drehstuhl rutschend und mit den Fingern aufreizend auf ihren Stenoblock trommelnd, bis er merkte, daß er verloren hatte.

Das Summen meines Telefons unterbrach uns.

«Also, dann . . .» Ich war schon an der Tür, die Zigarette war nicht einmal halb geraucht.

«Machen Sie's gut, bis nachher. Und schaun S', daß S' rechtzeitig da runterkommen. I muß Eana wos er-zäh-len.» Jede Silbe des Wortes betonend, lächelte sie bedeutungsvoll.

Das war es, was ich wollte. Das war die schmale Brücke über den langen Tag.

Jemand wollte meinen Chef sprechen. Ich stellte das Gespräch durch, da ich keine anderslautende Anweisung hatte. Der Mann war noch bei ihm, ich hörte ihre Stimmen gedämpft durch die Tür, Worte konnte ich nicht verstehen, nur unterschiedliche Laute, jetzt nur die Stimme meines Chefs am Telefon. Ich war gespannt, wie der Mann rauskommen würde, wie er meinen Chef zurücklassen würde, den großen Dr. Groß.

Ich ordnete die Zettel mit den Telefonnotizen, um sie ihm nachher beim Diktat vorzulegen.

Der Morgen schleicht. Ein Kloß von Müdigkeit. Gedankenlos übe ich Pflichtbewußtsein. Jetzt müßte es dämmrig werden. Die Sonne befiehlt. Sie ist hart. Sie ist hinter mir her. Treibt mich an. Heute hinter Wolken: der Befehl gemildert von Grau. Das Blau ist raus. *I'm blue.* Mein Make-up. Das Bild von mir. Das Bild, das die anderen von mir haben. Jürgens Bild von mir. Alles muß stimmen. Wie soll ich die Bilder zusammenkriegen. Sie passen nicht zusammen. Im Frühjahr muß ich mir wieder die dichten Haare an den Beinen bleichen. Nicht rasieren, das gibt Stoppeln. Sie werden im Winter ganz dunkel, die Haut hell. Aber im Sommer sind sie ganz blond und die Beine braun. Und die Fußnägel rot lackiert. Ich will an den Sommer glauben.

Lüsterne Hände hast du, sagt Jürgen. Dick und schlank zugleich. Sie sind geplustert wie Vögel, wenn sie geil sind. Sie berühren mich wie weiße Schwingen. Weiß sind sie, wenn ich dich liebe. Faß mich an. Tu's. Lust ist in deinen Fingern. Tu sie weg. Sie sind unanständig. Zeig sie niemandem. Sie verraten dich, Lüsterne. Meinen Alltag in Verse verwandeln. Gereimtes Leben. Mein Bild von mir. Ich möchte es kennen. Wie will ich mich. Noch will ich mich so, wie ich mich wollen soll.

Das Make-up stimmt noch. Keine Verwischungen. Wieviel Uhr. Wie lange bleibt der Blauäugige noch. Ich glaube sie kommen. Die Stimmen klingen näher, deutlicher. Telefon. Nein, hat Besuch. Ich ruf zurück. Gleich. Zehn Minuten. Ich weiß schon, warum der anruft, brauch nicht durchzustellen.

Die Tür ging auf, mein Chef ließ dem Mann den Vortritt. Lächelnd beendete er seinen Abschlußsatz. Auf Wiedersehen. Ruhig. Beruhigt offenbar. Die Ruhe des Mannes hatte gewirkt. Er ahnte nicht, wie ich ihn beobachtete. Fast wäre er noch bis zur Tür mitgegangen, die auf den Flur führt. Aber nach der ersten Bewegung dorthin besann er sich auf seine Rolle. Der andere lächelte.

6

Nachdem Herr Paulus, der Blauäugige, die Tür hinter sich geschlossen hatte, stand mein Chef, die Hände in den Hosentaschen, den Blick nachdenklich auf seine vom Ballen zur Ferse wippenden Füße gerichtet, in der Tür zwischen unseren Zimmern. Als er dann zögernd den Kopf hob, sah er mich mit einem merkwürdig abwesenden Blick von unten an, einem Blick, den ich bei ihm noch nicht gesehen hatte. Er schien ganz weit weg etwas zu sehen, was ihn nachdenklich machte. Bilder, die ihn gefangen hatten. Werden sie ihn festhalten? Nein, sicher nicht. Tagträumerei. Ein Schwächeanfall. Schon holte er sich mit seinen Händen, die er aus den Hosentaschen zog, aus diesen Tiefen zurück, in die er sich nicht wagen durfte. Seine Füße gaben das Wippen auf und seinem schwankenden Körper dadurch wieder festen Halt. Er war wieder da und mir so fern wie eh und je.

«Kommen Sie. Wir schreiben was.»

Was will er eigentlich jetzt diktieren? Ich hatte gar nicht vorausgedacht, war unvorbereitet, unkonzentriert. Ich hätte längst überlegen sollen, was er jetzt vorhaben würde. Vorsorgen. Mitdenken. Anteil nehmen. Zeigen, daß man die Sache mit dem Team ernst nimmt. Das sollte für eine gute Sekretärin selbstverständlich sein.

Während ich meinen Stenoblock und zwei gespitzte Bleistifte zusammenraffte, bemühte ich mich, meine Gedanken ganz dicht an mich heranzuziehen, um sie auf das zu richten, was jetzt ihr Gegenstand zu sein hatte. Ich strengte mich an, die Absichten meines Chefs zu erfassen, sie quasi zu neutralisieren, indem ich mich schnell im voraus noch mit ihnen bekanntzumachen versuchte, um nicht als dumpfe, wehrlose Befehlsempfängerin vor ihm zu sitzen.

Viel konnte es jetzt nicht geben, denn die Zeit bis zur Besprechung mit den Abteilungsherren war kurz. Wahrscheinlich wollte er nur eine Viertelstunde Geplänkel, vielleicht eine kurze Notiz über das Gespräch mit Paulus, vielleicht noch ein paar Anweisungen bezüglich des einen oder anderen Vorgangs, eventuell ein Telefonat. Das große Diktat würde erst nach der Besprechung stattfinden.

Die Zettel mit den Telefonnotizen noch mitnehmen.

Er saß bereits wieder hinter seinem Schreibtisch und las in einem Vorgang. Blickte nicht auf, als ich den Weg zwischen der Tür und seinem Schreibtisch zurücklegte. Alles an mir war auf ihn gerichtet: meine Augen sahen auf ihn, mein Mund lächelte, meine Beine machten die nötigen Schritte, um meinen Körper meinen vorausgeeilten Gedanken folgen zu lassen. Ich ging auf ihn zu und er sah mich nicht. Ging ich durch ein Vakuum? Mir war, als hallten meine teppichboden-gedämpften Schritte in einem riesigen leeren Raum, und einen Augenblick lang meinte ich, selber dieser leere Raum zu sein, nur aus Leere zu bestehen, und irgendwo fast unendlich weit sah ich etwas Grau-weißes und eine Bewegung dahinter, winzig alles, wie durch ein umgedrehtes Fernglas. Wie sollte ich jemals dahin gelangen. Dann eine Handbewegung dicht vor mir, die mir andeutete, Platz zu nehmen. Die Entfernung war also bereits zurückgelegt. Ich berührte schon den Schreibtisch, konnte rechts die Platte herausziehen, die mir während der Diktate als Tisch diente. Ihre etwa fünfzig mal fünzig Zentimeter große Fläche war gerade ausreichend für meinen Stenoblock und meinen rechten Unterarm. Ihre Oberfläche lag fünf Zentimeter tiefer als die Oberfläche des Schreibtisches meines Chefs. Ein kaum merklicher, aus technischen Gründen nicht zu vermeidender Niveauunterschied. Eine Platte zur multiplen Verwendung, man konnte sie auch nach der anderen Seite herausziehen, eine Einrichtung, die sich bei allen Chefschreibtischen bestens bewährt. Ein ideales Plätzchen für eine stenographierende Sekretärin. An diesen Platten haben schon ungezählte Karrieren stattgefunden und werden weitere ungezählte stattfinden: Karrieren des Dienens. Frauenkarrieren. Karrieren der Sprachlosigkeit, der Abhängigkeit. Karrieren des Status quo, im Nichts endend, Karrieren der leeren Hände. Nur wer bereit ist, gesenkten Hauptes, nach vorne gebeugt, an dieser Platte Platz zu nehmen, wird sich für diese Karriere qualifizieren. Der ehrgeizige Blick in Richtung auf die andere Seite der fünf Zentimeter höher gelegenen Schreibtischplatte, aktives Streben gar nach entspannter Haltung mit hoch erhobenem Kopf, den Blick in die Weiten schöpferischer Einfälle gerichtet, Arme und Hände entspannt auf den

Seitenlehnen des bandscheibenfreundlichen, kopfhohen Chefsessels – das würde eine solche Karriere von vornherein zum Scheitern verurteilen, wäre es doch ihr absoluter Widerspruch. Nur der Wille zur Machtlosigkeit garantiert hier den Erfolg. Und zwar der freudige Wille dazu. Leid hat hier keinen Platz. Wer unter der gebeugten Haltung leidet, muß den Platz räumen. Es warten viele auf ihn.

Ich legte meine Utensilien auf die Unterlage, setzte mich auf den gepolsterten Stuhl, der zu diesem Zweck immer in der Nähe stand. Mein Block und ich waren bereit. Ich sah auf den Mann hinter dem Schreibtisch. Er war unkonzentriert, blätterte lustlos in den Papieren, schien gar nicht darin zu lesen. Bisher hatte er noch nicht ein einziges Mal aufgeblickt. Aber er brauchte mich jetzt. Und wenn auch nur als Zuschauer. Er rechnete mit meinem Einverständnis, auch diese Rolle für ihn zu spielen. Und warum sollte ich sie auch nicht spielen? Vielleicht fühlte er sich einsam hinter seiner Schreibtischfestung. Aufheben konnte er diese Einsamkeit nicht, sie war ja das Wesen seines Jobs. Mit wem sollte er wohl Brücken bauen über einen langen Tag? Er konnte Leute um sich versammeln, seine Untergebenen zu sich kommen lassen. Sie würden kommen, alle müßten kommen, aber er würde hinter seiner Barriere bleiben, selbst wenn er sich mit ihnen an den kleinen Besuchertisch setzen, lässig wie sie sich in bequeme Sessel werfen würde. Vielleicht deswegen die Duzerei, Brücken zu uns, die aber dem Gewicht der Ungleichheit nicht standhielten.

Die Zeit verstrich, ich hockte mit gekrümmtem Rücken an meiner Platte und wartete darauf, für meinen Herrn mit Block und Blei zur Einheit zu verschmelzen.

«Tjaa.» Gedehnt, unschlüssig, mittelmäßig gelaunt. Blick auf die Uhr.

«Ich glaube, es ist zu knapp, um noch viel zu machen jetzt. Um halb zwölf ist ja Besprechung, oder?»

«Ja.»

«Gut. Dann erledigen wir schnell vielleicht noch ein paar Kleinigkeiten. Zeigen Sie mal bitte die Telefonzettel.»

Ich reichte die Zettel rüber.

«Ah ja, wie fanden Sie den Paulus übrigens? Ich könnte ja

schnell noch eine Besprechungsnotiz diktieren. Merkwürdiger Mann, finden Sie nicht?»

«Merkwürdig?»

«Na, ich meine seltsam, er hat so was, sagen wir Ehrliches, aufdringlich ehrlich, er erschlägt einen so mit seiner Gradheit, ich meine, ich war ja eigentlich drauf und dran, ihm den Auftrag zu streichen, Gründe gäbe es ja. Aber es ging nicht. Komisch. Verstehen Sie?»

«Ich fand ihn nett.»

«Haben Sie mit ihm geredet?»

«Kaum. Aber ich hätte gern. Er war so ruhig. Was haben Sie ihm denn gesagt?»

Er hob den rechten Arm etwas an, ließ ihn auf den Schreibtisch zurückfallen.

Er wisse nicht, was er ihm gesagt habe. Er könne sich merkwürdigerweise nicht erinnern. Aber der Mann scheine wirklich nichts für diesen Lieferverzug zu können. Und er habe den Auftrag eben nicht stornieren können, obwohl er es eigentlich vorgehabt habe.

«Ich werde das gleich noch mit den Herren bereden. Die Aktennotiz schreiben wir dann lieber nachher . . . ich muß mir die Sache noch ein bißchen durch den Kopf gehen lassen. Aber bleiben Sie ruhig sitzen. Vielleicht brauche ich Sie noch.»

Gut, bleibe ich also ruhig sitzen. Muß ich zuhören, was er am Telefon sagt? Ja, natürlich, ich muß genau hinhören, Notizen machen, mein Wissen ist praktisch sein Wissen.

«Ach, wollen Sie uns nicht einen Kaffee machen?»

‹Uns› einen Kaffee machen. Und: ‹wollen Sie nicht›. Warum die Frageform, warum sagte er nicht: machen Sie mir bitte einen Kaffee. Ganz einfach. Anweisung genügt doch. Die Form «uns» hieß, er lud mich zum Kaffee ein, hatte keine Lust, allein zu sein, deshalb durfte ich wohl mit ihm trinken. Sicher sagt er auch zu Hause zu seiner Frau ‹ach, Liebling, mach uns doch einen Kaffee, ja?› Und sie setzt sich dann zu ihm und trinkt wie ich mit ihm den von ihr zubereiteten Kaffee und freut sich, daß er ihre Gesellschaft will. Denn beim Kaffeetrinken wünschte er sich Partner, den Kaffee zubereiten mußten seine Diener. Daß Diener und Partner ein und dieselbe Person waren, störte ihn nicht.

Während er sich einen der Zettel mit den Telefonnotizen heraussuchte und zum Hörer griff, ging ich in mein Zimmer, um den Kaffee zu machen. Irgendwann hatte er mir mal vorgeschlagen, das Kaffeekochen zu delegieren, an Gudrun oder eine andere aus der Abteilung. Zum Glück hatte er nicht weiter darauf bestanden, als ich sagte, daß mir das bißchen Kaffeekochen gar nichts ausmache und daß ich höchstens in Ausnahmefällen, wenn mal ganz viel los wäre, die anderen bitten wollte, aber normalerweise könnte ich das wirklich selber machen, mit der Maschine ginge das doch wirklich blitzschnell und so weiter. Und um mich auch wirklich abzusichern gegen jede Versuchung, hatte ich Gudrun davon erzählt, versucht, mich dadurch auf ihre Seite zu schlagen, aber Gudrun hatte scherzhaft ‹Chefin› gesagt und ich hatte nur mühsam darüber lachen können.

Er gehörte ja nicht zu den Typen, die alle halbe Stunde Kaffee brauchen, die den ganzen Tag über Massen von Nescafé in sich reinschütten, zwanghaft mit jedem Besucher Kaffee trinken müssen. Er trank höchstens zweimal am Tag, manchmal nur einmal, und seinen Gästen bot er, je nachdem, Alkoholisches oder etwas zum Rauchen an, auf Wunsch vielleicht Kaffee. Also war ich auch in der Weise gut mit ihm dran. Und außerdem trank er ihn meistens mit mir zusammen, wenn wir allein waren, vorm Diktat oder zwischen zwei Terminen, so wie jetzt.

Ich füllte die Maschine mit Kaffeepulver und der erforderlichen Menge Wasser, stellte zwei Tassen, Milch und Zucker auf das Tablett. Elf Uhr zwanzig. Draußen grau. Regnet es endlich? Durch den Vorhang konnte ich nichts erkennen. Der Blick aus dem Fenster würde mich anwidern, also ließ ich es, war ja auch egal. Was macht Jürgen jetzt? Sicher sitzt er am Schreibtisch. Ich ruf ihn nachher mal an. Wie sieht eigentlich mein Kopf aus? Meine Haare sind furchtbar. Ich muß was damit tun. Vielleicht sollte ich mir Dauerwellen machen lassen. Das entfettet. Jürgen mag das nicht. Aber es gibt ja jetzt tolle Sachen auf dem Gebiet, fast unsichtbar. Oder extra sichtbar ganz kleine Löckchen. Den ganzen Kopf voll. Afrolook blond. Oder rot. Rot steht mir.

Muß nur der richtige Ton sein. Rote Löckchen, den ganzen Kopf voll. Mit passendem Make-up. Jürgen mag weißes Fleisch, ungebräuntes. Dazu würde Rot passen. Herbstfarben. Machen Sie einen neuen Typ aus sich. Werden Sie für ihn eine neue Frau. Und was mache ich für mich aus mir? Vielleicht würde das Neue nicht nur eine Verkleidung, eine Verpackung bleiben, sondern in mich eindringen, durch die Haut diffundieren. Denn ich bin ja durchlässig geworden. Vielleicht ist das sogar der einzig mögliche Weg: nicht aus der Haut herauswollen, sondern Erneuerung durch eine neue Haut von außen nach innen. Möglichkeiten. Unmöglichkeiten. Und was folgt? Und die hier, was werden die hier sagen? Ich wag's ja nicht. Das paßt ja nicht hierher. Irgendwie paßt das einfach nicht. Warum nicht. Keine Ahnung. Ich arbeite im Vorzimmer eines leitenden Herrn eines seriösen Industrieunternehmens. Ich muß Rücksicht nehmen. Mein Chef muß auf sich und sein Vorzimmer achten. Ich bin Teil des Vorzimmers. Ich muß mich dem Stil hier anpassen. Ich bin Teil des Inventars.

Das Wasser war durchgelaufen. Ich goß die beiden Tassen voll und ging mit dem Tablett zurück an meinen kleinen idealen Platz. Mein Chef telefonierte noch. Ein netter Gestus von ihm, sich Verbindungen im Haus selbst herzustellen. Hatte er nicht nötig. Ich stellte das Tablett in seine Reichweite, er nickte mir lächelnd zu. Meine Belohnung. Dieses Lächeln war ein Kunstwerk. Es war das Lächeln, das ihn zum Liebling der Frauen der Firma machte. Und ich war die Glückliche, die mit diesem Gott Kaffee trinken durfte.

Das Gespräch war beendet. Er sah auf die Uhr. Er trank. Ich trank. Er überlegte. Ich wartete.

«So, hier das hab ich erledigt. Legen Sie das irgendwo ab.» Er schob mir den Zettel rüber.

«Also, wir machen dann nachher weiter. Ich will auch erst mit den anderen noch reden. Sie brauchen aber nicht dabei zu sein, Sie haben ja sicher noch zu tun.»

Ja, natürlich hatte ich zu tun, zum Beispiel Post sortieren, die inzwischen gebracht worden war.

Er wollte also nichts mehr durchziehen. Verschenkte einfach ein paar Minuten. Mittelmäßige Laune. Er wußte wohl selbst nicht so genau, ob er heute überhaupt etwas tun wollte, setzte jedenfalls keine Zeichen. Hoffentlich kippte er nicht zu ‹schlecht› über. Die Sache mit dem Blauäugigen. Seine Schwäche, die nicht sein durfte. Er mußte Gründe dafür finden, Gründe, die er verkaufen konnte. Auch den Herren aus der Abteilung, nicht nur oben. Und zwar als Stärke mußte er sie verkaufen, als klare ökonomische Entscheidung, zum Wohle der Firma. Es durfte gar kein Zweifel an dieser Entscheidung aufkommen, der Entscheidung, diesem Paulus nicht den Auftrag zu streichen. Da saß er ganz schön drin in dieser Sache. Aber er würde es wohl bringen. So ein Typ bringt's immer. Er würde in Schwung geraten, er mußte nur erst mal anfangen. In ein paar Minuten würde er sich straffen und seine Untergebenen würden ihn so erleben, wie sie ihn brauchten, und er würde sie dahin kriegen, wo er sie brauchte. Und nach diesem Scharmützel wäre er gestärkt und könnte sich für die Nachmittagssitzung oben bereithalten. Für ihn wahrscheinlich Klimax des Tages. Danach Abschlaffung, wenn's geht nach Hause und dort sich den totalen Abbau leisten. Von der Frau auffangen lassen.

Telefon. Ich nahm ab, ja Moment bitte, Knöpfchen, wollen Sie, ja geben Sie her.

Das paßte gut. Ich konnte inzwischen die leeren Tassen wegräumen, denn es war gleich halb zwölf. Als das Gespräch zu Ende war, rief er mich noch einmal rein.

«Ich erledige noch schnell einen Anruf, lassen Sie die Zettel bitte hier. Und rufen Sie doch oben an, ob alles klar ist. Ach nein, das mach ich lieber selber, ich will ja sehen, daß Sie mit raufgehen.»

Beim Rausgehen schloß ich die Verbindungstür, denn er mußte die Möglichkeit haben, mir später durchs Telefon zu sagen, die Herren möchten reinkommen. Oder vielleicht auch selber die Tür öffnen, ein paar Minuten nach dem festgesetzten Termin.

Während sie dann drinnen zusammensaßen, fing ich an, die Post durchzusehen. Aber es wurde nicht viel daraus, das Telefon unterbrach mich gleich am Anfang. Zwei weitere Anrufe kamen sofort hinterher, ich mußte Auskunft geben, verbinden. Das Papier war eingespannt, weiter kam ich nicht.

Dann konnte ich ja auch Jürgen noch anrufen, vielleicht die letzte Chance heute. Ich brauchte seine Stimme.

«Arbeitest du?»

«Ja. Und du?»

«Blöde Frage. Was denn sonst. Was machen wir heute abend?»

«Weiß nicht. Kommt drauf an, wie müde du bist. Denkst du an mich?»

«Nein. Und du?»

«Ich bin lüstern.»

«Hör auf. Ich muß noch was tun.»

«Komm doch schnell her. Wir machen's. Jetzt. Ich zieh dich ganz langsam aus, oder nein, ich reiß dir die Kleider runter, wenn du's eilig hast . . .»

«Spinner. Du hast wohl Zeit, an so was zu denken. Kaufst du was ein für heute abend?»

«Wollen wir's vor oder nach dem Essen machen?»

«Mal sehn. Laß das doch. Wenn jemand mithört. Außerdem muß ich dann den ganzen Tag dran denken, das kann ich mir gar nicht leisten. Also bis heut abend. Mach was zu essen, ja?»

Der Abend mit Jürgen. Er würde mich zu mir kommen lassen. Jeder Abend brach einen weiteren Stein aus mir heraus, baute ein Stück Verweigerung in mich ein.

Ich hatte jetzt Lust, mein Gesicht zu waschen. Alles runterwaschen, meinen ganzen Kopf in kaltem Wasser baden.

Es klopfte. Frau Wilhelm aus der Buchhaltung brachte einen Kontoauszug. «Ihr Chef wollte den für eine Besprechung.»

Sie war glücklich, auf diese Weise eine Gelegenheit zu haben, mir ihre Urlaubsbräune vorzuführen. Bewundernswert. Das mußte Anstrengung gekostet haben. Harte Arbeit mußte das gewesen sein. Aber es lohnte sich. In dieser Bräune schlugen sich Träume nieder, Träume vom Nichtstun, Illusionen vom Dazugehören zu jenen, die Bräune als Markenzeichen ihrer Klasse das ganze Jahr über frisch zur Schau stellen können, Bräune, die an jenen zur Lüge gerät, die sie binnen vierzehn Tagen am Arbeitsplatz wieder verlieren und die alles tun, sie einmal im Jahr an sich zu wissen. «Na, wie war's?»

Sie strahlte vor Zufriedenheit. «Herrlich.»

«Schöne Farbe haben Sie.»

«Ach, die ist schon fast wieder weg. Ich war noch viel brauner.»

Natürlich. Sie war noch viel brauner gewesen. Denn der Grad der Bräunung war das Maß aller Dinge. Sie lebte für ihren Urlaub. Die zwei, drei Wochen im Jahr, das war ihr Leben, der Rest zählte nicht. Den verbrachte sie allein, zweimal geschieden, kinderlos, alternd in einer kleinen Zweizimmerwohnung mit ihren Erinnerungen an den letzten und in Erwartung des nächsten Urlaubs. Sie machte weite Reisen, Ägypten, Afrika, sogar Japan, mit Reisegesellschaften natürlich, von wo aus dann ausgesucht malerische Postkarten an alle Abteilungen gingen. Teure Reisen, weite Reisen. Das verlangte Sparsamkeit. Sie gönnte sich wenig, fast nichts hier zu Hause. Natürlich waren das Wichtigste am Urlaub die Bekanntschaften, Männerbekanntschaften. Das gab ihr Kraft und Schwung, verjüngte sie für eine Weile, ließ sie blühen im Bewußtsein, noch begehrt zu sein. Junge Männer wollten sie heiraten, besuchten sie später manchmal, aber dann war die Luft raus, der Zauber weg, dann ging's nicht mehr und wieder einer, der nicht paßte, zu jung war oder zu fremd. Dennoch verlor sie nicht die Hoffnung, eines Tages aus dem Urlaub den Mann ihres Lebens mitzubringen. Sie hoffte nicht nur, sie glaubte fest daran. Das hatte sie mir anvertraut, als ich eines Abends bei ihr zu Hause Urlaubsfotos angesehen hatte. Ich hatte in das Elend ihrer sprachlosen Sehnsüchte gesehen, festgehalten auf Bildern, auf denen ihre Bräune strahlte in immer wechselnden Gruppen von braunen Körpern mit weißen Zähnen, männlichen und weiblichen Körpern, manchmal hielt eine einzelne männliche gebräunte Person sie umschlungen, vor wechselnden Kulissen, die immer gleich aussahen.

«Was ich wieder erlebt habe! Ich muß Ihnen unbedingt davon erzählen. Sie kommen doch mal wieder? Wenn die Bilder fertig sind, ruf ich Sie an. Wir machen uns einen schönen Abend, ja?»

Das Elend ihrer Sehnsüchte. Wieso dachte ich das. Wie kam ich dazu. Wie konnte ich mir erlauben, Mitleid mit ihr zu haben. War denn mein Elend kleiner, nur weil ihres sichtbarer war? Wußte ich denn nicht, daß ihres dort aufhörte, wo meins anfing:

am Eingangstor dieser Firma. Denn: an ihrem Arbeitsplatz in der Buchhaltung, umgeben von Zahlenkolonnen, Karteien, Buchhaltungsautomaten und Rechenmaschinen, an denen noch zwei Kollegen saßen, erfüllt von Soll und Haben, Additionen, Substraktionen, Auf- und Abbuchungen schwamm sie in einer Ursuppe von Geborgenheit und Zufriedenheit. Das teilte sich allen mit, die mit ihr zu tun hatten. Sie hatte die Fähigkeit, ihre kalten toten Zahlenkolonnen in lebendige Wesen zu verwandeln, die sie zu betreuen hatte, die sie etwas angingen, für die sie verantwortlich war wie für die Kinder, die sie nicht hatte, vielleicht nie haben würde. Und so behandelte sie auch uns, sie konnte gar nicht anders, als ihre Wärme über uns auszuschütten. Sie brachte es fertig, Nähe zu allen zu schaffen, sich aber gleichzeitig soviel Distanz zu sichern, daß keiner es wagte, sie auszunützen. Jedenfalls schien es mir so. Sie war wohl das, was man eine Seele nennt. Sie wurde geliebt. Vielleicht war sie glücklich. Und die Einsamkeit ihrer Zweizimmerwohnung? Wer weiß schon, wie sehr sie zählte. Und die Einsamkeit meines geschlossenen Kreises? Ich wußte, was sie zählte. Ich hatte keinen Grund, Mitleid mit dieser geöffneten, lebendigen Präsenz zu haben, ich, die ich aufpassen mußte, nicht angefressen vom Bewußtsein meines eigenen Elends irgendwo auf der Strecke zu bleiben.

«Ja, ich komme gern mal wieder. Sie müssen mir alles genau erzählen. Rufen Sie mich an?»

«Ja, sicher. Also geben Sie das gleich Ihrem Chef. Und dann bis bald.»

So. Und was jetzt? Das Papier reinbringen.

Dann noch ein Versuch zu tippen. Gleich zwölf, der Morgen rum, nichts getan, nichts getan, nichts getan. Die Stücke des Vormittags flogen in meinem Kopf herum, Fetzen von angefangenen, nicht zu Ende geführten Arbeiten. Ein zerbröckelter Alltag. Wieder einer von denen, die ich später vergeblich suchen werde, weil sie verloren sind.

Ruhe, nur ein paar Minuten ohne Störung, damit ich wenigstens die Post lesen oder eine Seite tippen kann. Nein, keine Ruhe, sondern Telefon, nein er hat eine Besprechung, rufen Sie doch bitte später wieder an, ja, in einer Viertelstunde.

Meinetwegen mach doch was du willst Scheiße sage ich Scheiße ich bin die Königin von Saba oder Ophelia oder meine Mutter oder Marilyn Monroe oder Rotkäppchen die Klitoris wann wird der böse Wolf mich endlich fressen vergeblich laufe ich durch den Wald und darf keine Blumen pflücken weil der Wolf wartet aber mein Käppchen leuchtet rot und morgen will ich zu Bernd fahren und mich verschlingen lassen und schreien laut laut laut . . .

Die Sirene tutete Mittag, auf den Gängen wurde es lebendig, Stimmen, Schritte, Türen. Gudrun sah herein. Mahlzeit. Nein ich kann nicht mit. Bis später. Mahlzeit. Das wenigstens würde mir heute erspart bleiben, dieses tausendfache «Mahlzeit», dieser kollektive Aufschrei, von dem das ganze Haus während der Tischzeit erfüllt war, dieses sinnberaubte Wort, vor dem es kein Entrinnen gab, mittags zwischen zwölf und zwei.

«Mahlzeit»: «Einnahme von Speisen (am gedeckten Tisch): betont im Unterschied zu ‹Essen› mehr den gepflegten gesellschaftlichen oder familiären Rahmen der Handlung . . .»

Fünf Minuten später kamen die Herren aus dem Zimmer meines Chefs. Herr Vogel als letzter schloß leise die Tür. Sie hatten einige Minuten ihrer Tischzeit verloren, was sie wahrscheinlich schmerzte. Nur Herrn Vogel ärgerte es gewiß nicht. Er fühlte bereits das dem Manager anstehende Pflichtbewußtsein gegenüber der Firma. Mit einem dreifachen «Mahlzeit» verließen sie das Zimmer.

7

Die Zeit, in der die anderen Mittag machten, zwischen zwölf und eins, war die ruhigste des Tages. Deshalb schätzte mein Chef sie besonders für Diktate langer Berichte und Briefe, für die er Konzentration und Ruhe benötigte. Für mich war das manchmal die anstrengendste Stunde meines Achtstundentags, die Grenze zwischen Vor- und Nachmittag, die Hälfte der Strecke, wo man anfängt, atemlos zu werden. Mein Chef bestimmte

Tempo und Dichte der Arbeit und ich mußte mich darauf einlassen. Je ruhiger und ungestörter das Diktat verlief, um so mehr hatte ich freilich nachher im Block. Nur selten diktierte er länger als eine Stunde, was dann nicht fertig war, wurde verschoben. In dieser Stunde war ich meistens froh über jeden Anruf, denn die Unterbrechung bedeutete für mich eine kurze Ruhepause und reduzierte obendrein den Umfang des Stenogramms.

An dem roten Licht auf meinem Telefon sah ich, daß er telefonierte. Ich spitzte noch zwei Bleistifte und wartete auf das Summen, das mich zum Diktat rufen würde. Der vor einer guten halben Stunde eingespannte Bogen war fast leer geblieben. Die Post war noch nicht fertig sortiert. Wenn er jetzt noch eine Stunde diktiert, werde ich mich nachmittags dranhalten müssen. Und dann eventuell noch das Sitzungsprotokoll. Hoffentlich muß ich nicht die ganze Zeit dabei sein, dann kann ich inzwischen in Ruhe tippen. Zum Glück hat er morgen früh einen Termin beim Rechtsanwalt, um zehn, dann wird er kaum vor halb zwölf hierher kommen, gewonnene Zeit für mich. Beruhigend. Sonst müßte ich abends länger bleiben. Unbezahlt natürlich.

Denn ich hielt es für unter meiner Würde, mir Überstunden bezahlen zu lassen. Die gehörten zum Job, das war kein Thema für mich. Auf eine Stunde länger und auch mehr abends durfte es mir genausowenig ankommen wie meinem Chef. Schließlich hatten wir es nicht nötig, uns wie gewerkschaftlich organisierte Arbeiter jeden Extra-Handgriff bezahlen zu lassen. Eine organisierte Sekretärin? Eines Herrn in leitender Stellung? Lächerlich. Man muß wissen, wohin man gehört.

Der Summer ertönte. Ich ließ die Tür zum Sekretariat offen und hockte mich vor meine Platte, auf der mein Block schon wartete.

«Ich hab mit oben vereinbart, daß Sie das Protokoll machen. Aber es wird nur ein Ergebnisprotokoll, englisch, es wird diktiert, Sie brauchen also nicht dabeizusitzen. Wir müssen dann nach dem Essen noch die Akten raussuchen.»

So wie die Schreibmaschine die Verlängerung meiner Hände war, so war während des Diktats meine Hand die Verlängerung des Mundes meines Chefs. Mit ihr wurde ich zu einem perfekt funktionierenden Instrument, das er nach Bedarf bedienen konnte, in das er seine Gedanken einspeicherte, das lückenlos alles festhielt, was er von sich gab. Stockte sein Mund, stockte auch meine Hand. Sie schrieb genauso schnell wie er sprach. Sein Mund und meine Hand arbeiteten simultan. Noch ehe die Worte sich irgendwo im Raum verloren, wurden sie quasi im Fallen von meiner Hand aufgefangen und auf dem Papier festgehalten.

Nicht Buchstaben waren es, die auf dem linierten, durch einen roten Strich in zwei schmale Hälften geteilten, DIN-A 5-genormten Stenoblock erschienen, sondern Silben oder ganze Wörter. Beziehungsweise deren Symbole, Bögen, Punkte, schräge und gerade, kurze und lange Striche, Kringel, Schleifen, Wellen, verstärkt und unverstärkt, unterhalb der Linien, oberhalb der Linien oder in der Mitte.

Das, was in ihnen steckt, das Wort, die Sprache, die Laute, die siehst du nicht. Sie sind nur Verkehrszeichen, deren Sinn du nicht zu lesen, sondern zu kennen hast. Am Anfang lernst du zwar sogenannte Buchstaben, aber die mußt du schnellstens vergessen. Denn die Praxis später erheischt nicht das verhältnismäßig geruhsame und exakte Malen der gelernten vorgeschriebenen Zeichen, deren Beherrschung du in idiotischen Prüfungen ständig beweisen mußt. Die Praxis verlangt vielmehr, daß du dir dein Steno selber machst. Eigene Erfindungen. Daß du ganze Sätze zusammenschrumpfen läßt auf ein, zwei Auf und Abs, einen großen und einen kleinen Bogen, einen Punkt über einem Querstrich, repräsentierend etwa den Anfang eines Satzes oder auch nur ein markantes Wort: «irerna» – «Ihrer Nachricht sehen wir mit Interesse entgegen und verbleiben . . .», «wirfreu» – «Wir würden uns freuen, von Ihnen zu hören . . .» und so weiter. Einfach Routine, Mechanik. Und selbstverständlich mußt du wissen beim Diktat, noch bevor der Satz überhaupt fertig gesprochen ist, ob du es dir leisten kannst, ihn schrumpfen zu lassen, ob er ohne Variationen und Schnörkel und Anhängsel diktiert wird, und dazu mußt du die Gewohnheiten des Diktierenden genau kennen, mußt ahnen, ob er für den, dem er gerade schreibt, bestimmte Routinesätze wählen oder sich um individuelle Änderungen bemühen wird. Daß du dir Abkürzungen für die Namen und Typen der Produkte, der ständig vorkommenden Personen, der Abteilungen und so weiter der Firma ausdenkst, versteht sich von selbst. Erst wenn es in deinem Kopf aussieht wie auf einer Landkarte, übersät mit bunten Markierungslämpchen, die auf bestimmte Signale hin in ständigem Wechsel an- und ausgehen, erst wenn du dir ein Netz von Kürzeln geschaffen hast, mit dem du sicher jedes Tempo und jeden Text durchstehst, erst dann hast du den Sinn der Stenographie begriffen. Denn stenographieren hat ja nichts mit schreiben zu tun, heißt ja nicht Wörter öffnen, sie durch Sichtbarmachen ihrer einzelnen Laute als Ganzes anzuerkennen, sie auf dem Papier leben zu lassen. Und wozu auch? Ist ihr Krüppeldasein doch nur ein flüchtiges, nichtiges, ein Übergang in das strahlende Dasein perfekt getippter Schreibmaschinenseiten, das sie, erst einmal abgelegt, jahrelang in den für sie eingerichteten Aktenordnern führen dürfen. Dort finden sie ihre Erfüllung.

Nein – Stenographie heißt erstens Leistung, Leistungssport, wenn man so will, meßbar in Silben pro Minute, es gibt Meister aller Klassen, die regelmäßig neu ermittelt werden mit immer neuen Rekorden. Den Gewinnern winken möglicherweise besserbezahlte Jobs oder Gehaltserhöhungen, was weiß ich, ich habe nie einen – eine, denn es handelt sich ja wohl um Frauen – kennengelernt, gehörte auch nicht zu ihnen. Jedenfalls lassen sich diese Titel genau wie andere sportliche Leistungen vermarkten. Es braucht nicht einmal ein Titel zu sein, auch ein paar Silben mehr als durchschnittlich üblich können sich schon im Gehalt niederschlagen.

Und Stenographie heißt zweitens – und das ist überhaupt ihr Wesen – SPAREN. Die Maxime, die Formel, der du dich zu unterwerfen hast, lautet: Wörter sparen = Zeit sparen = Geld sparen.

Mein Chef hatte sich die fürs Diktat notwendigen Unterlagen zurechtgelegt. Von der Ordnung auf seinem Schreibtisch war längst nichts mehr zu sehen. Ein Vorgang war anscheinend ganz auseinandergenommen worden, die Blätter lagen einzeln über den Tisch verstreut und er konnte somit in mehreren Schriftstücken gleichzeitig lesen. Ich kannte die Akte, es war ein komplizierter Vorgang, eine langfristige Auftragsgeschichte, Rüstungssache, Zulieferungen für ein NASA-Projekt, die Amis forderten jetzt Umstellungen bei einem bestimmten Teil, das bedeutete für uns neue Planungen, neue Projektierungen, neue Materialien, eventuell neue Maschinen.

Er sah auf. «Was ist eigentlich mit der Post?»

Kein Vorwurf. Aber ich hatte wieder den Drang, mich zu rechtfertigen. Er winkte lächelnd ab.

«Also, dann wollen wir mal. Besprechungsnotiz von eben brauchen wir nicht, das fließt in den Brief an den Atkinson mit ein.»

An den also. Brauchte ich dann wenigstens nicht zu übersetzen. Obwohl ich das gerne machte, wenn ich Zeit hatte.

«Herrn John W. Atkinson und so weiter, wie immer, lieber John . . .»

Mein Bleistift begann seinen Tanz auf dem Block, linke Kolonne, rechte Kolonne, umblättern, nächste Seite. Die Unterteilung des Papiers in diese schmalen Hälften bewirkte einen extrem geringen Abstand zwischen Anfang und Ende der Zeilen, so daß die Hand nur einen kleinen Ruck nach links zu machen brauchte, der «Schreib»fluß kaum unterbrochen wurde. Sparen. Ich kam in Fahrt, mein Handgelenk wurde locker, die Zeichen wurden herausgeschüttelt und gleichmäßig übers Papier verteilt. Block, Blei und ich wurden zur Einheit. Stil und Tempo meines diktierenden Chefs waren optimal, nicht zu schnell, aber auch nicht so langsam, daß ich nicht gefordert worden wäre, ich mußte mich konzentrieren und anstrengen, aber die Sätze kamen so flüssig und glatt, daß ich sie aus meinem Ohr aufs Papier fallen lassen konnte, ohne an sie zu denken. Es war, wie beim Maschineschreiben, ein Prozeß, der mich durchlief, Reflexe auslöste, ohne daß ich bewußt Anteil daran nahm. Ich wurde gespeist wie eine Maschine und ich funktionierte wie eine solche. Und dieses Funktionieren war lustvolle Unterwerfung unter den Mann, dessen Worte in gleichmäßigem, vertrautem Rhythmus in mich drangen. Sie brachten mich in Bewegung, ich folgte ihren Schwingungen, hatte keinen Wunsch, als sie aufzunehmen, aufzufangen mit meinem Körper, sie wiederzugeben und zu zeigen, daß ich bereit war, offen und empfänglich. Die körperlose Intimität – hier wurde sie greifbar in dem mit Satzzeichen und Absätzen diktierten banalen Text eines ganz gewöhnlichen Geschäftsbriefes. Wir gaben einander alles. Die Worte, an die wir uns klammerten, klirrten durch den Raum. Nichts schien ihn zu füllen als ihre Leere.

Kurze Denkpausen verschafften mir kurze Ruhemomente, Seite um Seite des Stenoblocks füllte sich, nur ganz allmählich kam Ermüdung und Unbehagen in mir hoch. Als ich schnell auf die Uhr sah, war es erst halb eins, also noch einmal eine halbe Stunde. Wenn er in dem Tempo weitermacht . . . Aber erfahrungsgemäß verlangsamte er sich im zweiten Teil des Diktats, schon allein dadurch, daß dann die kürzeren Sachen kamen, mit viel Leerlauf durch Nachsehen in den Vorgängen, Überlegungen für den Anfang, manchmal telefonische Rückfragen oder gar das Ranschaffen anderer einschlägiger Akten. Nach einer guten halben Stunde kam ein Anruf, ich lehnte mich aufatmend zurück, als er den Hörer abnahm.

Erschlaffung unter der prall gespannten Oberfläche meiner Aufmerksamkeit drohte ihre Glätte in Falten zu legen. Hoffentlich kommt jetzt nicht mehr viel. Hunger. Es war fast sechs Stunden her, seit ich gefrühstückt hatte. Die Kaffees zählten nicht. Hoffentlich gab's was Anständiges in der Kantine. Ziehen im Unterleib. Vom gebückten Sitzen, oder meine Tage? Das Ziehen machte warm, erinnerte mich an mich. Jetzt spazierengehn.

Septemberluft atmen mit Jürgen. Grillen am Weg. Stoppelgesäumte Windungen gehen wir, in Gold getauchter Dunst liegt über den Furchen vor uns. Und hinter uns verliert sich in schon vergessenen Schleifen ein noch nicht volles Jahr, kaum gelebt.

Hinterm Vorhang des Chefzimmers nur undeutliches Grau. Ich verpaßte den September und sollte weiter im Grau erstarren. Wie, wenn ich diesen telefonierenden Mann hinter dem riesenhaften Schreibtisch verlassen würde? Und wäre es nur, um den September nicht zu verpassen:

– Herr Dr. Groß, kann ich Sie mal sprechen. Ja bitte. Was gibt's denn. Ich möchte kündigen. Kündigen? Ja . . . ich . . . Aber – wieso denn? –

Nein, so nicht. Er wäre gar nicht erstaunt, überrascht, schokkiert, keine Unsicherheit würde er zeigen.

– Kündigen? Wann wollen Sie uns denn verlassen? –

Eine organisatorische Frage. Keine Frage nach dem Warum. Überlegungen zur Organisation der Nachfolge, zum reibungslosen Ablauf beim Wechsel des Inventars. Keine Aufregung. Sachlichkeit. Abgeschaffte Innerlichkeit. Wozu auch. In seiner Position stand ihm eine Reservearmee von qualifizierten Kräften zur Verfügung. Gute Zusammenarbeit war jederzeit zu kaufen. Es war nur eine Frage der richtigen Auswahl. Und die hatte er bis jetzt noch immer getroffen, da konnte er sich ganz auf sich verlassen.

Nicht einmal meine Kündigung würde uns einander näherbringen.

Er legte den Hörer auf.

«Haben Sie notiert?»

Nein. Bedaure. Hatte ich nicht. Ich hatte soeben gekündigt.

«Entschuldigung. Was denn?»

Peinlich. Das durfte mir nicht passieren. Jetzt mußte ich mich aber zusammennehmen. Ich notierte den Termin, den er soeben ausgemacht hatte.

Die letzte Viertelstunde des Diktats verlief ohne Störung. Um ein Uhr zehn betraten wir durch die Tür meines Zimmers den langen Gang, um gemeinsam einsam zum Essen zu gehen. Die Tür zum Gang blieb auf, Gudrun bekam den Auftrag, auf mein Telefon zu achten. Mahlzeit. Es war alles bestens organisiert.

8

Wir aßen schweigsam. Die Worte, die wir wechselten, fielen unter den Tisch.

Als wir über den Werkshof zur Kantine gegangen waren, hatten wir übers Wetter geredet. Es müsse unbedingt regnen, hatte mein Chef gemeint, in seinem Garten sei alles ausgetrocknet. Wenn der Himmel schon so grau sei, dann solle es auch richtig regnen. Nicht wahr.

Es war uns niemand begegnet, der Hof war still gewesen, wie meistens um diese Zeit, nur aus der Richtung der Fertigungshalle waren Geräusche zu hören gewesen, von Maschinen, die Präzisionsteile machen, nicht allzu schwere Maschinen, kein Stampfen, Zischen, Dröhnen, sondern vielschichtiges, gedämpftes Klacken, Klicken und Rasseln, das sich sofort verstärkte, wenn eine der großen Türen geöffnet wurde, um einen beladenen Gabelstapler hinauszulassen. Aus dem großen Saal der Kantine waren nur einzelne Stimmen zu hören gewesen und das Klirren des Geschirrs, das vom Personal in die großen Maschinen geräumt oder schon wieder herausgeholt wurde.

Der kleine Raum war fast leer. Nur an einem der sechs Tische saßen zwei leitende Herren vom Einkauf mit einem Gast. Gemütlichkeit hier, verordnete Gastlichkeit, Bedienung, Wärme fürs Auge aus behaglichem Lampenlicht über jedem Tisch, Tageslicht raus, Holz, Stoffe, Polster. Kein Schlangestehen hier, wie im großen Kantinensaal, keine Kälte aus Neonlicht und langen ungedeckten Tischen und Bänken – die sollen demnächst endlich durch Stühle ersetzt werden, das hat der Betriebsrat durchgesetzt – nicht diese dreigeteilten weißen Freßplatten hier, die ich auf dem Tresen von Portion zu Portion schiebe, der Nachtisch ist oft schon vorher drauf, und die ich dann zwischen langen Reihen von Rücken hindurchtrage, vorsichtig, damit die Suppe nicht ins Kompott schwappt, bis ich eine Lücke entdecke links oder rechts zwischen zwei Rücken, in die ich mich schieben kann, die Platte zuerst, Mahlzeit, dann Beine über die Bank, wenn ich Glück habe, rücken sie rechts und links etwas zur Seite, sind freundlich, Mahlzeit, selten findet man zu zweit einen Platz, ist auch egal, Unterhaltung beim Essen ist sowieso nicht drin, es muß schnell gehn, die nächsten warten schon, also runter mit dem Zeug und raus hier, Spaziergang vorm Werkstor die Straße rauf und runter, man könnte ja auch vorher spazierengehn und nachher essen, dann ist es leerer, aber das macht keiner, weil dann keine Zeit mehr ist für was anderes, für einen ruhigen Kaffee und eine Zigarette oder so.

Heute sah mein Mittag so aus:

Eine Dame und ein Herr speisen in einem gemütlichen Lokal. Eine Frau und ein Mann essen zusammen zu Mittag.

Nein.

Ein Chef hat seine Sekretärin zum Essen mitgenommen.

Nicht ein hungriger, ziemlich müder Mensch hatte sich an den kleinen gedeckten Tisch gesetzt, sondern die Sekretärin des Herrn Dr. Groß hatte dort mit ihrem Chef Platz genommen, sollte bedient werden, weil er bedient wurde, und die Frau, die sie bediente, wußte, daß sie keinen Anspruch darauf hatte. Was dachte die Frau von mir. Nichts wahrscheinlich. Wir hatten nichts miteinander zu tun. Jede tat das, wofür sie bezahlt wurde.

Ob der Herr Doktor Suppe wolle heute. Nein. Er wollte keine. Aber ich. Ich hatte Hunger. Hoffentlich bringt sie die Suppe nicht früher als meinem Chef den Hauptgang. Es wäre mir unangenehm gewesen, vor ihm zu essen. Dann hätte ich doch lieber auf die Suppe verzichten sollen. Aber sie kannte die Regeln. Wir konnten gleichzeitig mit dem Essen beginnen.

Wir aßen schweigsam. Die Worte, die wir wechselten, waren kantig und kühl, Aktenstücke, Dienstbrocken, herausgebrochen aus den Vorgängen, die wir zu bearbeiten hatten. Das Essen war Fortsetzung der Arbeit, nur der Ort hatte gewechselt. Kauen und Schlucken waren Teil der Arbeit. Die Zungen spürten wohl nicht viel, ließen bewußtlos das Essen passieren. Der Magen mußte betäubt werden. Und dann wußte ich oft schon nach einer Stunde nicht mehr, was ich gegessen hatte. Obwohl das Essen hier meistens sehr gut war.

Die Suppe ist heiß. Meine Hände sind feucht. Feuchtes in den Kniekehlen. Wo kommt die Hitze her. Ich verdunste. Ich spüre es aus den Poren quellen, Perlchen werden flächig, sammeln sich, schmieren fließend in die Kleider, alles naß, ich bin klatschnaß, wohin mit dieser Nässe, aus dem Nacken dünstet es, kühlt ab, weiße Dampfwolke über mir, das muß verhindert werden, mein Verdunsten muß unauffällig bleiben. Ich darf die Form nicht verlieren.

Es ist die Luft, sie ist zum Ersticken, alles bleibt mir im Hals stecken. Brocken im Hals. Stein in der Kehle. Runterschlucken oder ausspucken. Egal. Nur weg damit. In den Teller meines Chefs. Mich ganz auskotzen, bis nur noch Schleim kommt, Galle grünlich und schleimig, das ganze Unverdaute. Ich muß aufs Klo. War den ganzen Morgen noch nicht. Aber gleich nachher. Das Klo wird kühl sein.

Mein Chef schwitzte nicht. Er schien auch nichts von meiner

Auflösung zu merken. Er hatte sich ein kleines Helles bestellt, wie immer, es in großen Zügen gleich halb getrunken, der Rest kam nach und nach dran, ein Schluck wurde aufgehoben zum Nachspülen. Er aß konzentriert, aber ich wußte, daß seine Konzentration nicht dem Essen galt. Zügig wurden die Bissen zurechtgeschnitten, Kartoffeln und Fleisch abwechselnd zum Mund geführt, keine Pausen, kein Stillstand, beim Kauen ein kurzes Zurücklegen und Heben des Kopfes, Blick geradeaus zur gegenüberliegenden holzgetäfelten Wand. Er aß nicht: er fütterte sich, hatte sich von sich selbst getrennt, den Vorgang «essen» gespalten in zwei Funktionen, die nichts mit ihm zu tun hatten, obwohl sie in seiner Person vereint schienen, vermachte seinen Anspruch auf Ganzheit des Vorgangs täglich der Mutter Firma, ließ sich von ihr den Löffel aus der Hand nehmen und füttern, schob die Verantwortung für sich von sich.

Ich versuchte, an das Essen zu denken. Bœuf à la mode mit Meerrettichsauce, Wirsing und Kartoffeln, vorher klare Fleischbrühe, echte Brühe aus dem Fleisch des Hauptgangs, als Nachspeise Kompott, sie machten es wirklich gut. Ich konzentrierte mich auf den Geschmack auf meiner Zunge, wollte etwas spüren von der Schärfe des Meerrettichs, der Milde des Krauts. Wir aßen schweigsam. Wer wird als erster fertig sein. Ich muß ihn dazu bringen, etwas zu sagen. An was denkt er. Sicher an die Sitzung. Es würde mich wundern, wenn er nicht an die Sitzung dächte. Ich will ihn testen. Was frage ich ihn. Nein. Ich will gar nicht reden. Es gibt ja nur das Thema Firma. Will nichts hören davon. Manchmal meine ich, er hat Angst. Das Thema Firma gibt ihm Sicherheit. Da braucht er sich auf nichts einzulassen. Da hat er alles in der Hand. Fühlt sich dann wahrscheinlich, als ob er hinter seinem Schreibtisch säße und ich an meiner Platte davor. Fühlt sich an seinem Platz, verweist mich auf meinen. Fünf Zentimeter Höhenunterschied machen ihn sicher, auch beim Essen.

Außer uns war niemand mehr im Raum. Unsere Teller leerten sich. Er fing an, von der Sitzung zu reden. Ich hörte mir an, welche Punkte es zu besprechen geben würde, welche Unterlagen er mitnehmen müsse. Ich registrierte das irgendwo, hängte es an einen Haken meines Gedächtnisses, wo es griffbereit baumeln konnte bis zum Gebrauch. Ich nickte zum Zeichen, daß ich ihm zuhörte.

Wenn er doch aufhören würde zu reden. Ich wollte nicht, daß er redete. Seine Worte erstickten mich, sie waren längst nicht mehr lustvoll-rhythmisch, lösten keine Bewegung in mir aus, die uns zusammenführte. Der Schweiß war kalt geworden an mir. Wie sollte ich diesem Reden entkommen, das in meine verdauenden Eingeweide klatschte, in den blubbernden Brei, der mir aus dem Bauch in den Hals stieg, überzuschwappen drohte, mir in die Augen trat und meine schweißigen Hände zum Zittern brachte. Den Brei zu Gedanken machen, auseinanderdröseln, Gedankenfäden spinnen, mich daran entlanghangeln und davonmachen. Wie eine Spinne: Entfernung im Moment des Produzierens, aber dennoch fest verankert an einem Punkt, ins Leere fallen, aber durch mich selbst gehalten, einen festen Strick in mir wissend, den ich abspule und der mich hält, an dem ich jederzeit wieder zurücklaufen kann zum festen Punkt und nichts bleibt vom Strick. Mich von mir selbst entfernen, um mich im Auge zu behalten, auf- und abrutschen auf dem straff gespannten Gewirk, stehenbleiben irgendwo, selbst bestimmen den Ort, die Zeit, das Maß an Veräußerung und Dichte und den Strick reißen lassen, wenn's sein muß . . . nach welchen Gesetzen geschähe das. Freiheit? Unsinn: Selbstbetrug. Und die Idee ist so neu ja nicht. Und außerdem, lohnt es sich überhaupt auf einem Faden meiner Gedanken? Sie bringen mich doch nicht weit, sie halten ja nichts aus, würden mich nur haltlos machen. Ich wage nichts. Meine Gedanken taugen nicht zur Befreiung. Sie kommen über die Angst nicht hinaus. Keine Überwindung, keine Veränderung ist möglich mit den Gedanken, die ich produziere. Vielleicht kann man sie trainieren. Jürgen wird sich freuen über das Bild mit der Spinne und dem Gedankenstrick. Du mußt so was aufschreiben. Meine Zustände sind Worte für ihn, ich baue Sätze für ihn, die er schön finden soll. Er lobt mich. Schon wieder ungerecht gegen Jürgen. So sehe ich es immer, wenn ich erschöpft bin. Wenn ich mich zerstören will. Dann ist Jürgen da, der das für mich tut. Er ist unfähig, nicht ich. Er macht alles kaputt. Er wird schon sehen. Ich werde schon sehen. Wir . . . Mein Bauch gurgelt. Der Brockenbrei wird hart. Ich klebe schweißnaß auf meinem Stuhl vor dem leeren Teller. Mein Chef und ich sind ein perfektes Team. Wir lösen unsere Aufgaben immer mit größter Sorgfalt und zum Besten der Firma. Wir können uns aufeinander verlassen.

Fast gleichzeitig waren wir mit dem Hauptgang fertig geworden. Die Bedienung kam und räumte die Teller weg. Ich legte Wert auf die Nachspeise, mein Chef verzichtete. Er trank den letzten Schluck seines Biers. Ich sah auf die Uhr, gleich halb zwei. Kaffee würden wir oben trinken. Er fragte, ob er rauchen dürfe. Er rauchte leichte Zigarren, eine bis zwei am Tag, nicht mehr, zum Glück. Rauchte er aus Höflichkeit oder wußte er nicht, wie spät es war. Die Unterlagen mußten noch vorbereitet werden. Wenn er sich eine Zigarre anzündete, hieß das, daß er nicht ungeduldig wartete, sondern mir Zeit lassen würde, eventuell auch noch eine Zigarette zu rauchen. Bei mittlerer Laune war das drin. Er strich sich mit der rechten Hand über die Haare, mit der ganzen flachen Hand, mehrmals, es war mehr Kleben als Streichen, nicht auflockernd, mit Zeigefinger drunter und den drei anderen drüber, die Haare lüftend und gleichzeitig ordnend, Kanzlergeste, sondern mit sichtbarem Druck ging er den Linien der Frisur nach, beschrieb, bewahrte sie. Die Zigarre hielt er zwischen Daumen und Zeigefinger der linken Hand und betrachtete sie, während er sich zurücklehnte. Warum er nicht Pfeife rauche, hatte ich ihn einmal gefragt. Das sei ihm zu umständlich, aber zu Hause, da habe er eine Sammlung und hin und wieder rauche er eine. «Das Essen war wieder sehr gut heute, nicht wahr?» Ich schob die geleerte Nachtischschale beiseite und griff nach meiner Handtasche, um die Zigarettenschachtel rauszuholen. Er sah mich etwas ratlos an, als ob er meine fragende Feststellung nicht verstanden habe.

«Ja, ich denke schon . . . aber es war nicht so ganz mein Geschmack, wissen Sie, ich bin mehr für Gebratenes, es war doch was Gekochtes, oder . . . Sie wissen ja, ich bin ziemlich verwöhnt. Meine Frau macht eben wunderbare Braten . . .»

Ja, ich wußte. Er erzählte es immer wieder, nicht nur mir. Und wie er das auch selber kann, «wenn ich Lust habe, dann mache ich das. Früher, als Student, da hat man so was ja machen müssen, Braten waren da relativ selten, natürlich. Aber jetzt habe ich manchmal so richtig Lust zu kochen oder zu bruzzeln, vor allem, wenn wir Gäste haben, dann übernehme ich oft die Küche. Meine Frau mag das eigentlich gar nicht so gerne, hab ich das Gefühl, aber sie sagt nichts. Und das Grillen im Sommer mache ich sowieso immer . . .» Sekretärinnenphantasie: Sommerabend im Garten des Chefs, Grillen, gepflegte Weine, gepflegte Leute und Gespräche, gedämpfte Musik. Der Chef als Privatmann. Ein Mythos. Keiner wagt die Entzauberung. Ein Tabu, das selten gebrochen wird. «Auch im gesellschaftlichen Mikrokosmos einer Firma ist die Entzauberung der Herrschenden ein Sakrileg», hatte Jürgen neulich gesagt. Damit stabilisieren sie das Klassensystem. Probier's doch mal aus. Warum denn. Jeder hat doch ein Recht auf seine Privatheit. Ja, hatte Jürgen gemeint, aber glaubst du, er interessiert sich für deine? Meinst du, er malt sich dein Leben außerhalb der Firma aus, in bunten Farben, so wie du das tust, oder getan hast, verschwendet einen Gedanken an das, was du nach Dienstschluß machst, wie du lebst, und so weiter? Im Gegenteil: er weiß, daß er Gegenstand deiner Phantasie ist, wie alle Chefs, und daß du diese Phantasien brauchst, damit du so sein kannst, wie er dich braucht. Das ist doch der Witz der Sache. Darauf beruht euer ganzes Verhältnis. Für ihn kann es nichts Schlimmeres geben als die entzauberte Phantasie seiner Sekretärin. Er wird sich hüten, dich in seine ganz banale Realität blicken zu lassen, da kannst du sicher sein.

Ich betrachtete sein Gesicht von der Seite, sah ihn in der Dämmerung am Holzkohlengrill lässig mit Gabel und Zange hantieren, von der Kohlenglut schwach beleuchtet, wenn er sich hinunterbeugt, charmant, sinnlich vielleicht, im offenen Hemd, Mann und Gastgeber. Und für einen kurzen Moment spürte ich wieder den Wunsch in mein Bewußtsein drängen, von ihm geliebt zu werden.

Er drehte den Kopf und lächelte. «Gehn wir?»

Natürlich. Warum sollten wir noch bleiben. Meine Zigarette war fast fertig geraucht. Ich nickte und lächelte zurück. Er winkte der Bedienung. Wir zahlten mit unseren Essensmarken, die er genauso erhielt wie ich, auf die wir aber noch je eine Mark draufzahlen mußten, denn sie deckten nur das normale Kantinenessen, und mein Chef hatte noch sein Bier zu zahlen.

Ohne Hast gingen wir dann zurück über den Hof in Richtung auf die ruhigen Gänge des Verwaltungsgebäudes. Wir gingen schweigend. Der Himmel war weiterhin unentschlossen. Es regnete nicht. Der September hatte sich verkrochen. Keine Farbe war greifbar. Die Luft erschien mir frisch. Ich atmete tief.

9

Auf meinem Schreibtisch lag eine Telefonnotiz. Sonst ist alles ruhig gewesen, sagte Gudrun, als ich ihre Tür zumachte.

Die Peiter von oben ließ um einen Rückruf bitten, ob es dabei bliebe, daß ich das Protokoll mache. Erst jetzt fiel mir auf, daß sie gar nicht beim Essen gewesen war. Sonst trafen wir uns da meistens, auch wenn wir nicht zusammen hingingen. Ich wählte ihre Nummer. Die Zentrale meldete sich. Die Peiter sei zum Essen.

Mein Chef war schon in seinem Zimmer, die Tür angelehnt. Ich hörte nichts von drinnen. Erst einmal Kaffee aufsetzen. Dann endlich aufs Klo. Als das Wasser anfing durchzulaufen, öffnete ich die Tür zum Zimmer meines Chefs und sagte ihm, ich sei gleich wieder da.

Das Kaffeewasser würde in etwa drei Minuten durchgelaufen sein. Gerade Zeit genug für den Weg zum Klo und zurück und einmal pinkeln. Es war dreiviertel zwei, die Zeit wurde knapp, ich wunderte mich über die gleichbleibende Ruhe meines Chefs.

Auf der Toilette Karbolgestank über Steinfußboden, riesige gekippte Milchglasfenster, das Tageslicht hart und kalt gegen Kacheln und Chrom, meine Schritte ein sauberes Klick-Klick, alle Geräusche hierdrin klangen irgendwie sauber, desinfiziert, scharf und beißend wie die Luft.

Die Berührung des kühlen Klodeckels war angenehm. Ich blieb noch einen Moment sitzen, um die Luft auf meinem nackten Unterkörper zu spüren. Ich ließ meine Hände vom Knie aufwärts über die Schenkel streichen, in der Beuge beschrieben sie eine halbe Drehung nach hinten und griffen knetend und massierend in das weiche Fleisch. Die Nägel gruben sich ein wenig ein. Die Bilder eines fast vergessenen Traums waren auf einmal da: ich werde von einer Schlange bedroht, die ich aber nicht sehen kann, ich weiß nur, daß sie kleine spitze Metallzähne hat, ein Fischmaul. Meine Mutter sagt, du mußt sie zerlegen und einfrieren. Und dann liegt sie in Portionen zerteilt und in durchsichtiges Plastik verpackt auf dem Tisch. Meine Mutter sagt, du kannst sie wieder zusammensetzen, dann lebt sie. Ich weiß nicht, ob ich es selbst gemacht habe, aber die Teile sind plötzlich zu einem kleinen Pferdchen geworden, ein Spielzeugpferdchen aus gleich langen Holzstücken. Es bewegt sich und ich habe wieder Angst vor dem Biß. Dann werde ich gebissen, in den rechten Oberarm, aber es gibt keine Wunde und ich spüre nichts. Und während ich gebissen werde, bin ich gleichzeitig die beißende Schlange und das Pferdchen. Ich fühle meine kleinen Metallzähne in das Fleisch dringen wie ein Messer in ein Stück Butter, und als ich sie wieder herausziehe, bleiben keine Spuren.

Der Schweiß von vorhin lag kalt und klebrig auf der Haut. Jetzt baden, die Haut nicht in die Wäsche zurückstecken müssen, ihr andere Berührungen verschaffen, warmes duftendes Wasser, warme große zärtliche Hände oder Lippen oder einfach Luft. Aber Gedanken an träge Nacktheit waren jetzt nicht erlaubt. Ich soll Akten anfassen, nicht Haut, Kaffee kochen, nicht Wünsche wecken nach Trägheit und Lust. Die drei Minuten waren um, der Kaffee sicher fertig.

Hände waschen, Blick in den Spiegel, Griff in die Haare, das Gesicht fühlt sich schlaff an, ein bißchen kneifen und klatschen, das durchblutet, lächeln, das gibt Spannung, nur nichts hängen lassen.

Er las hinter seinem Schreibtisch in einem Schriftstück, als ich den Kaffee reintrug.

«Frau Peiter hat angerufen, ob es dabei bliebe, daß ich Protokoll führe. Sie ist zu Tisch jetzt.»

«Ja, es ist doch alles klar und abgesprochen. Ich sag's ihr gleich, wenn ich raufgehe. Hier das Zeug nehme ich mit, tun Sie mir das mal bitte zusammen, in dieser Reihenfolge. Und dann brauche ich noch den ganzen technischen Kram, die Fertigungspläne, Sie wissen schon, aber nur den letzten Stand, das alte kann wegbleiben, heften Sie das dazu . . .» Mit beiden Händen reichte er mir einen lose zusammengelegten Stoß von Papieren über den Schreibtisch. Ich stellte den Kaffee in seine Reichweite und nahm die Unterlagen. Er bedankte sich.

Ich heftete die Papiere in der gewünschten Reihenfolge in einen kleinen Schnellhefter und suchte den Ordner heraus, der die benötigten technischen Unterlagen enthielt. Der Summer ertönte.

«Geben Sie mir bitte mal den Vogel.»

Als er mit Vogel redete, überlegte ich, ob mir noch irgend etwas einfiele, was er mitnehmen müßte. Ich hatte das Gefühl, meine Nachlässigkeit und Unkonzentriertheit gutmachen zu müssen. Mitdenken. Team sein. So tun, als müßte ich selbst in die Sitzung. Und dann: wenn er etwas vergaß, war es praktisch so, als hätte ich etwas vergessen. Er würde es nicht sagen, nicht einmal bewußt denken wahrscheinlich, aber ich wußte, daß ich mich betroffen fühlen würde. Mir fiel nichts ein. Ich glaube, ich wollte gar nicht, daß mir etwas einfiel. Ich konnte nicht nachdenken. Da war ein riesiger Stein in meinem Kopf, den ich hätte beiseite räumen müssen, um an das heranzukommen, was wichtig schien, aber die Anstrengung war zu groß, und dann war da außerdem wieder das Wort WICHTIG, das irgendwie in meinem Kopf schepperte und mir lästig war, ich wollte es nicht hören. Vielleicht war auch so etwas wie Trotz und Wut da, wegen der kalten Brocken, die er mich wieder während des Mittagessens hatte schlucken lassen. Jedenfalls kam mein trainiertes Pflichtbewußtsein jetzt nicht an gegen den heftigen Wunsch nach Trägheit, Faulheit und Schlaffheit. Was geht mich das alles an. Nein, nein, nein, mir fällt nichts ein, ich sehe nicht ein, warum mir immer etwas einfallen soll. Leck mich am Arsch. Es ist doch nicht meine Sitzung. Und auch nicht meine Karriere. Nicht ich will in die Chefetage. Und gleich dann wieder beim Hinausgehen die Frage: hab ich auch alles?, als wäre sie an ihn selbst gerichtet, aber sie gilt natürlich mir, und wehe, wenn ich sage, ja, ich denke schon und dann fehlt nachher was, das geht natürlich gegen mich, denn dafür bin ich ja da, sonst bin ich eben nicht die Richtige auf diesem Posten, nein, wenn ich nicht will, dann muß ich eben gehn, schließlich hat er einen Anspruch auf meinen vollen Einsatz . . .

Ja ja, hatte Jürgen gesagt, du mußt lernen, nicht nur ab und zu mit dem Fuß aufzustampfen, Kleinkindertrotz hilft nicht. Die Wut muß eine permanente werden, sie muß vom Bauch in den Kopf, damit du was damit anfangen kannst. Dann stampfst du nämlich nicht mehr, sondern tust was. Dann kriegst du keine Schweißausbrüche mehr, die dich lähmen und ersticken, sondern schaffst dir Luft und Bewegungsfreiheit.

Ach Scheiße, deine klugen Sprüche, Jürgen. Wie denn, sag doch mal, wie kommt man denn aus so was raus? Sag doch ein einziges Mal was Konkretes, was wirklich Brauchbares, du Klugscheißer. Prüfst du an mir die Richtigkeit deiner Theorien? Bin ich dein Versuchskarnickel? Was wäre ich für dich, wenn ich wirklich hier Schluß machen würde? Sieg, Sieg, Triumph für dich? Und ich? Ist es nicht besser für mich, im wärmenden Rollenhemd zu bleiben? Wirst du mich wärmen? Vielleicht kämpfst du schon lange hinter meinem Rücken mit dem da drin um die Verfügungsgewalt über mich. Wer sagt mir denn, daß du nicht genauso über mich bestimmen willst. Mir bleibt wohl nichts, als die Abhängigkeit zu wechseln. Ein verändertes Bewußtsein schließt noch lange nicht eine neue Abhängigkeit aus. Das weißt du genau. Also was soll ich damit? Was soll ich mit diesem Wissen, mit diesen ganzen Büchern, die du mir zum Lesen gibst. Sie machen mich leer, glaub mir. Die Wörter machen mich nicht satt. Du wirst sehen, sie werden mich auszehren. Mager werde ich werden. Vielleicht brauche ich etwas ganz anderes. Aber was. Ich muß darüber nachdenken. Ohne dich. Ich werde schon draufkommen. Vielleicht hinderst du mich daran, das zu finden, was ich wirklich brauche. Aber ich werde aufpassen. Ich muß mich hüten. Mich nicht verlieren. Nicht alles mit mir machen lassen. Nicht deiner Meinung sein wollen. Mein Leben bestellen. Nichts darf Brachland bleiben.

Ich stand vor der Vorderfront meines Schreibtisches. Das Neonlicht schien greller geworden und machte die Dinge kalt und tot. Sie lagen herum, wie Gliedmaßen, die jemand von mir abgetrennt hatte, ich war ein Torso und wollte nichts mehr mit ihnen zu tun haben, obwohl ich mich ihrer erinnerte. Ich spürte etwas in der linken Hand. In den Ohren war ein Summen. Das störte. Es hörte nicht auf. Es tat weh. Ich wußte nicht recht, ob es von außen kam oder in mir war. Ich hob die Arme, wollte die Ohren zuhalten, etwas fiel auf den Boden. Beide Hände gegen die Ohren gepreßt, sah ich, daß es weiß war und meinen linken Fuß zur Hälfte bedeckte. Im Herunterblicken hatten meine Augen ein rotes Licht gestreift, es war sofort aufdringlich in mein Bewußtsein gedrungen, es mußte eine Bedeutung haben. Es mußte Zusammenhänge geben. Irgendwie mußte ich sie herstellen. Denn ich kannte das rote Licht ja, hatte es oft schon gesehen. Und das Summen war mir auch bekannt, es war nicht in mir, sondern kam von irgendwo, wenn ich die Hände wegnähme, würde ich besser ausmachen können, von wo es kam. Ich nahm die Hände weg, starrte das rote Licht an und dann war der Zusammenhang plötzlich da: Summen und Licht kamen vom Telefon, galten mir, wurden ausgelöst von jemandem, der etwas von mir wollte. Ich war gemeint. Ich sollte irgend etwas tun. Aber was. Es mußte mir unbedingt einfallen. Dieses schnarrende Summen war unerträglich. Ich wollte meine Arme heben, aber mein Wille war weg. Wo sollte ich ihn hernehmen. Wie schwer das ist. Sonst ging das doch von selbst. Wieder war ich in dieses Loch gesackt. Aber ich hatte doch schon Zusammenhänge hergestellt: es war das Telefon auf meinem Schreibtisch, das summte und leuchtete, weil jemand etwas von mir wollte. Auf meinem linken Fuß lag weißes Papier, ich wußte, daß es Papier war, daß es mir aus der Hand gefallen war und nicht dorthin gehörte. Also: drei Dinge, die von mir den Willen zur Bewegung verlangten, weil sie beseitigt werden wollten. Summen, Licht und Papier schoben sich unter meiner Willenlosigkeit zusammen und bildeten einen Boden von Tatsachen. Als ich mich dann auf das Telefon schmiß, den Hörer hochriß und «ja bitte» rief, war ich atemlos wie nach einem schnellen Lauf.

«Ich brauche noch ganz schnell die Fertigung. Versuchen Sie doch bitte, den Mayer zu erreichen.»

Den Mayer von der Fertigung. Den Mayer von der Fertigung. Es war gut, etwas tun zu müssen. Anweisungen befolgen zu können. Kein Problem. Ich hatte ja Boden unter den Füßen. Konnte handeln. Beim Wählen der Nummer stellte sich die Verbindung zwischen mir und den Dingen wieder her. Ich begriff meine Zugehörigkeit zu ihnen. Alles war ganz leicht. Ich sah mich im Zimmer um und erfaßte die Funktion eines jeden Gegenstandes. Nichts war fremd oder tot. Meine Funktion war klar definiert durch die Sätze, die ich ins Telefon sagte: «Ist Herr Mayer da? Herr Dr. Groß möchte ihn sprechen.» Und als ich die Verbindung hergestellt und das Papier aufgehoben hatte, sah ich auf die Uhr und war froh, daß es fast zwei war, daß ich gleich Zeit haben würde für meinen Kaffee, eine Zigarette und die Instandsetzung meines Gesichts.

10

Eine knappe Stunde später, in der ich die Post gelesen, sortiert, geordnet auf den Schreibtisch meines Chefs gelegt und einen Teil des Stenogramms getippt hatte, wurde ich gerufen.

«Sie möchten jetzt raufkommen», sagte die Peiter mit ihrer hellen kühlen Stimme.

Wer war eigentlich oben? Ich wußte es, aber erst in diesem Moment wurde mir klar, daß es mich auch betraf. Die Sitzung war kurzfristig angesetzt worden, weil sich Ackerman in Europa aufhielt und die Erweiterung des Lizenzvertrags zwischen uns und Brian Ford endlich unter Dach und Fach sollte. Ford war deshalb von Paris hergekommen. Wegen des Vertrags hatte es schon ein langes Hin und Her gegeben, die Amis wollten nicht, daß Ford die Sachen in Frankreich nachbaute, sie wollten nur Montage und Vertrieb; wir wollten ihnen klarmachen, daß unsere Fertigung für den Bedarf in Frankreich nicht ausreichte, unsere Kapazität ausgelastet war, daß die Fertigung durch Ford günstiger war, natürlich nur vertragsgebunden, klare Lizenz, mit allen Verpflichtungen. Dafür machte sich mein Chef stark, das war sein Kind. Und Ackerman war hart, dem mußte man schon klare Sachen bringen, Zahlen, vor allem Zahlen. Aber mein Chef hatte alles in der Tasche.

Also Ackerman und Ford. Wie sehe ich aus. Wie hatte ich das nur vergessen können. Beim Blick in den Spiegel spüre ich flaue Angstwellen vom Magen her in Arme und Beine kriechen. Lampenfieber vor dem Auftritt. Es wird wieder ein Auftritt. Es ist immer einer.

Die Peiter hatte am Telefon gestern gelogen, als sie sagte, sie wisse nicht, wer komme, sie solle nur meinen Chef informieren. Dabei mußte sie wissen, daß ich wußte, daß sie log. Denn es war unmöglich, daß sie nicht wußte, wer an welcher Sitzung teilnahm. Anscheinend sollte ich nicht wissen, wer kam. Vielleicht brauchte sie wieder mal das Gefühl, daß sie die erste war, daß sie die Macht hatte, Informationen zurückzuhalten, daß sie einen Vorsprung hatte vor mir. Und dann wollte sie wohl Desinteresse vortäuschen, wollte suggerieren, diese Sitzung bedeute nichts als zusätzliche Arbeit und Belastung. Eigentlich log sie gar nicht, sie spielte nur das übliche Spiel: reflexhaftes, jahrelang eingeübtes Versteckspiel. Und ich hatte es wieder mitgespielt, verstand sofort, hätte es genauso gemacht. Sie wußte natürlich genauso wie ich, daß Protokollführen in einer Sitzung keine Arbeit ist, sondern eine Ehre. Eine Sekretärin, die Protokoll führen darf, mag sich als auserwählt betrachten: eine Frau wird für würdig befunden, nicht nur einem, sondern gleich einem ganzen Haufen von Männern gleichzeitig zur Verfügung zu stehen, ihre Gedanken festzuhalten, Zeuge ihrer Schöpfungen zu werden, Bewunderin, Vermittlerin und Archivarin. Sie darf dabei an die Bedeutung nicht nur ihrer Funktion, sondern auch ihrer Person glauben, und die Männer wiederum dürfen in diesem Glauben ihre eigene Bedeutung widergespiegelt sehen.

Ackerman, sprich Äckermän, und Ford – der schöne Brian Ford und Ackerman, der fiese Bock. Sie kannten sich noch nicht. Ackerman wird ihm nichts zutrauen. Der kriegt die Lizenz nie. Wer wird noch da sein, mein Chef, dann der Geschäftsführer natürlich und einer von der Technik, hoffentlich nicht der Zander. Ich hätte was anderes anziehen sollen. Aber ich hatte nicht daran gedacht heute morgen, und außerdem war ja gar nicht klargewesen, wer das Protokoll schreibt, obwohl es eigentlich klar war, denn für Englisch war ja ich zuständig. Ich mußte Jürgen erzählen, daß ich die Sitzung vergessen hatte, so ganz nebenbei, wie selbstverständlich. Du machst Fortschritte, wird er sagen. Schnell kämmen, das Gesicht ganz o. k., Hände zittern ein bißchen, das Feuchte wegwaschen, gut trocknen, Stenoblock, Bleistifte, Taschentuch in den linken Ärmel, Zigaretten wird es hoffentlich geben, die Tür offen lassen, bei Gudrun aufmachen, Herr Berg diktierte gerade, sie zwinkerte mir zu, freute sich, daß er sich ärgerte, weil die Türen offenbleiben mußten und das Diktat, das ihn soviel Mühe kostete, des öfteren unterbrochen würde. Bis später, rief sie noch hinter mir her, und beeilen S' Eana ...

Die Peiter saß an ihrer Maschine, als ich in ihr Zimmer kam, IBM-Kugelkopf, wie meine, das Zimmer glich meinem in Größe und Ausstattung, nur der Fußbodenbelag und die Sitzgruppe für die Besucher waren von gehobener Qualität. Sie hatte auf mein Klopfen geantwortet, ohne ihr Tippen zu unterbrechen. Sie hatte gewußt, daß ich es war. Meine Begrüßung hatte sie nur mit einem kurzen Nicken erwidert. Ihre knallrot lackierten langen Fingernägel klapperten beim Anschlagen der Tasten. Sie hatte nicht gelächelt. Ich hatte die Tür langsam zugemacht.

Sie wollte mich nicht sehen. Meine Anwesenheit war eine Zumutung für sie. Sie hatte keine Veranlassung, mich anzusehen, mit mir zu reden. Sie mußte mich hinnehmen. Sie war nicht gefragt worden. Jedesmal war es so. Und wir redeten nie darüber.

Als sie vor einem Jahr hier angefangen hatte, war sie eine Sensation gewesen. Der totale Gegensatz zur Fürstin. Statt liebenswürdiger Schusseligkeit, Vergeßlichkeit und Hektik beherrschte plötzlich coole Korrektheit und Planung das Chefsekretariat. Das Direktionsvorzimmer wurde eine reibungslos funktionierende Schaltstelle, ein Wunderding an Präzision, Gewissenhaftigkeit und Organisation. Toll, hatte es geheißen, was die aus dem Saustall gemacht hat. Die geborene Chefsekretärin. Aber im Saustall der Fürstin hatte es warm gedünstet und geatmet. Sie hatte darin gelebt, hatte ihre Person an alle Gegenstände ihres Büros geklebt, ihre Fehlbarkeit war gegenwärtig und greifbar gewesen, wurde von uns aufgefangen und geschluckt wie der Kaffee, der ständig bereitgestanden hatte. Diese hier, mit ihrer Unfehlbarkeit, hatte schnell alle Zugänge verstopft, den warmen Dunst benennbarer Gemeinsamkeiten mit uns verwehen lassen, die Reste der Fürstin von den Gegenständen gekratzt, ausgemistet, gesäubert. Die üppigen Grünpflanzen der Fürstin zum Beispiel waren ersetzt worden durch eine geschmackvolle Bodenvase mit einem eleganten Gebinde aus getrockneten und künstlichen Blüten. Der Duft teuren Parfums lag im Raum.

Sie saß, attraktiv und elegant, hinter der Mauer ihrer Tüchtigkeit und war für niemanden zu erreichen. Und allmählich war sie verlorengegangen. Ihre Person war verschwunden, hatte sich aufgelöst in einen Begriff, war fleischlos eins geworden mit dem, was sie tat und was sie umgab. Sie war «das Sekretariat». Das Sekretariat hat angerufen. Das Sekretariat hat das und das geschickt. Oder einfach «oben». Das und jenes kommt von oben, wird von oben gewünscht.

Anfangs hatte sie mich, wenn wir uns beim Essen trafen, nach verschiedenen Zusammenhängen in der Firma gefragt, hatte registriert, eingeordnet, vermerkt. Es war für sie selbstverständlich gewesen, innerhalb weniger Tage ein Schema der Struktur und der Organisation der Firma im Kopf zu haben. Nach Menschen hatte sie nicht gefragt. Ließ sich auch nichts fragen. Man sah in ihr gepflegtes Gesicht und hatte keine Fragen, vergaß, daß der Mensch, dem dieses Gesicht gehörte, auch eine Geschichte hatte, ein Leben. Man sagte, sie sei geschieden, das stand in ihren Papieren.

Nur ein paar Sekunden hatte ich nach dem Schließen der Tür gezögert. Sie blickte auf. Man hätte nicht sagen können, daß sie mich unfreundlich ansah. Sie sah niemals unfreundlich aus, ihr Gesicht war geschult, neutral zu sein, ohne Zwischentöne. Die richtige am richtigen Platz. Ein Platz, den ich nie würde einnehmen können. Warum fühlte ich mich ihr ähnlich. Ich wußte, daß es nicht unsere Gesichter waren oder unsere Körper, verpackt in den gleichen modischen Schick, nicht die Ähnlichkeit unserer Sprache und unseres Lächelns. Es war eine nicht sichtbare Ähnlichkeit, sie kam gar nicht aus uns heraus, sondern hing über uns, war gleichsam über uns verhängt worden, genau wie die Ähnlichkeit der Arbeiterinnen an der Straßenbahn. Wir hatten ähnliche Rollen zugeteilt bekommen, Hauptrollen, die uns zwangen, Erfolg zu haben. Eine von uns hatte immer einen Vorsprung, aber es durfte keinen endgültigen Sieger geben, denn wir wurden beide gebraucht und es wurde darauf geachtet, daß wir uns nicht gegenseitig lahmlegten.

Ich mußte irgend etwas sagen. Was dachte sie. Kein Lächeln.

«Sie waren heute ja erst ziemlich spät essen . . .»

«Ich habe mir nur einen Joghurt geholt.»

«Sonst nichts? Das könnte ich nicht durchhalten.»

«Ach doch, wenn's sein muß . . .»

«Ja, dann will ich mal da rein. Hoffentlich dauert's nicht so lang.»

Ihr Telefon summte, ich öffnete die Tür zum Zimmer ihres Chefs.

Niedrige Sessel um einen großen quadratischen Tisch. Ich kannte die exklusiven schwarzen Ledersessel und den rauchgrauen Glastisch mit den dicken, nach außen abgerundeten Chromfüßen. Es müßten fünf Sessel sein. Aber ich sah zunächst nur ein in dichten Zigarren- und Zigarettenrauch gehülltes Gesamtbild. Dankbar tauchte ich in diesen Qualm, der mir half, meine Wahrnehmung in den ersten Sekunden der Lähmung so zu vernebeln, daß ich nicht gezwungen war, sofort Einzelheiten zu erkennen, meinen Blick ein Ziel finden zu lassen, den Gestalten Namen zu geben, gezielte Bewegungen zu machen. Ich durfte mich im ungewissen lassen. Ich spürte den Stenoblock in der linken, die Bleistifte in der rechten Hand; die Arme angewinkelt, die Hände unterhalb der Brust gekreuzt.

Wie viele Augenpaare waren auf mich gerichtet. Noch wagte ich nicht, sie bestimmten Personen zuzuordnen, hielt mich an die Vernebelung, stand, wartete auf eine Entmischung, durch eine Bewegung oder eine Stimme, auf die ich reagieren mußte, die mich veranlassen würde, meine schweren steifen Beine in irgendeine Richtung zu lenken, Hände und Augen und Stimme zu koordinieren mit den Bewegungen der Beine, alles der Situation anzupassen und somit ein sinnvolles und unauffälliges Ganzes abzugeben.

Aus einem der Sessel erhob sich mein Chef und wandte sich mir zu. Dann kam eine zweite Gestalt hoch. Ich erkannte Brian Ford, der sich vor seinen Sessel gestellt hatte und mir die Hand entgegenstreckte. Das Gespräch am Tisch war unterbrochen.

Ich hörte meinen Chef sagen, da sind Sie ja . . ., und: wo haben wir denn noch einen Stuhl für Sie, und während er sich nach dem Stuhl für mich umsah, ging ich auf Brian zu, mußte um den halben Tisch herumgehen, um ihm die Hand zu geben, und alle sahen dieser Begrüßung zu.

Vor etwa einem Jahr hatte ein kleines amerikanisches Unternehmen uns um eine Lizenz zum Bau einer unserer gedruckten Schaltungen gebeten. Nach langem Hin und Her war dann der Besitzer des Unternehmens eines Tages aufgetaucht. Seine Briefe waren von ausgesuchter Höflichkeit gewesen, in unerhört feingeschliffenem Englisch geschrieben, unamerikanisch, anders, man belegte den Mann mit Phantasien, war gespannt auf die Person, die hinter diesen Briefen steckte. Aber was dann kam, sprengte alle Erwartungen. Ein Unding, der Mann. Gänzlich daneben. Völlig unpassend. Gar kein Mann eigentlich. Ein Kunstwerk. «Erlesen» paßte auf ihn. «Vollendet». Man war fassungslos, verwirrt, hilflos. Ich war hingerissen. Sein feines Haupt, ja Haupt, nicht Kopf, zeigte Brauntöne in unglaublichen Nuancen. Augen, Teint und Haar waren vollendet aufeinander abgestimmt und wurden durch die erlesene Eleganz der Kleidung in geradezu umwerfender Weise betont. Fein und zierlich hatte er damals vor mir gestanden und mir mit leichter melancholischer Verbeugung seine zarte Hand gegeben. Er bewegte sich, als habe er noch nie, niemals eine Bewegung gemacht, die nicht in vollendeter Weise die Schönheit seiner Erscheinung unterstrich. Chopin fiel einem ein, Mazurkas. Diesen Mann in Verbindung zu bringen mit Kippschaltern, am Reißbrett stehend oder gar mit einem groben Werkzeug in der Hand, war schier unmöglich. Aber er war tatsächlich Ingenieur. Das Herz hatte mir bis zum Hals geklopft, als aus den erregenden Brauntönen sein How-do-you-do-pleased-to-meet-you kam. British accent natürlich.

Freudig hatte ich ihm zur Verfügung gestanden, die Arbeitszeit verlängert, er brauchte ja auch abends jemand, der dolmetschte, die Herren waren's zufrieden, die Firma trug's. Alles war seinen Gang gegangen. Unsere Erwartungen aneinander. Nach dem Essen Drinks in der Bar, Tanz hautnah. The way you hold me baby baby. Im Hotelbett nackte Unsinnlichkeit. Ausgezogene Erwartungen. Dabei bin ich nicht mal schwul, hatte er gesagt. Glaub mir. I'm drunk. Wir hatten dann im Schneidersitz auf dem Bett einander gegenübergesessen und uns an den Händen gehalten. I should marry someone, you know. My mother, she wants me to. I love her. Polnische Jüdin, seine Mutter. Sie ist wohl sehr schön? You are very nice, I like you very much. We are friends, aren't we? Natürlich, brown-eyed handsome man, big friends: Befreiung von den Erwartungen. Sicherheit. Beruhigung. Erleichterung. Und du bist wirklich nicht böse? Aber nein, warum denn? Aber es liegt nicht an dir, ganz bestimmt nicht. An mir liegt's. I like you really. An wem liegt's. Ich bin nicht schwul. Nein bist du nicht. Ich glaub's dir. Du hast zuviel getrunken. Du solltest vielleicht wirklich heiraten. O yes, ich brauche jemanden, schon wegen der Firma, you know, in Amerika ist ein Junggeselle . . .

Im Morgengrauen war ich mit dem Taxi nach Hause gefahren und hatte mir diese Nacht vom Leib gepellt wie den engen Fetzen aus schwarzem Georgette, in dem ich für Brian hatte elegant sein wollen.

«Hallo – how are you.» Ich sah wieder in lächelndes Braun. Warum diese Begrüßung? Er wußte genau, daß ein höfliches Lächeln und ein Kopfnicken ausreichend gewesen wären, vor diesem Publikum. Wir hätten uns nachher verständigen können. Eine Herausforderung, an alle hier, nicht nur an mich. Aber plötzlich freute ich mich. Ich spürte ganz schnell Lust und Zwang gleichzeitig, diese Herausforderung anzunehmen, diese Begrüßung als Chance zu nehmen, denen hier ein Tabu zu zerpflücken, es ihnen an ihre Managerköpfe zu knallen, in ihre gierigen Ohren zu stopfen, auf ihre lauernden Augen zu kleben. Dies sind nicht deine Väter. Mißachte ihre Verbote. Zeig ihnen, daß ihre Gebote dir egal sind und ihre Strafen. Verweigere dich. Zeig ihnen, daß du sie kennst, laß ihnen den Schreck in die Schwänze fahren, in denen ihre wahren Ansprüche lauern. Und ich sagte laut und deutlich: «Hallo Brian. Nice to see you.» Meine linke Hand umklammerte feuchte Bleistifte und den Stenoblock. Vor einer Minute waren sie noch trocken gewesen. Feuchtigkeit in Brians Hand. Oder war es meine? Sie mußten's gehört haben. Was taten sie. Sie werden mich schlachten. Und der Ford ist verrückt, so etwas zu provozieren. Meint, sich über die Regeln hinwegsetzen zu dürfen. Soll sehen, wie er damit fertig wird. Außenseiter.

Meine Beine fühlte ich dünn und hölzern als Verlängerung der dünnen Absätze, auf denen ich stand. Ich mußte sie jetzt wieder bewegen, konnte nicht ewig da stehn bleiben. Noch immer Stille am Tisch. Papierrascheln.

Aus dem Sessel neben Brians stachen mich zwei vorgewölbte blaue Augen an. Schon halb weggedreht, nahm ich Ackerman wahr, lässig im Sessel zurückgelehnt, rechten Fuß auf linkem Knie, die Arme auf den Sessellehnen, trotz entspannter Haltung wie bereit zum Sprung, zum Angriff, Ackerman, der verbissene Fotzenzähler, der Frauen aufs Geschlechtsorgan reduzierte und sich in Verachtung flüchtete, sobald Anspruch auf Ganzheit ihn bedrohte. Ackerman Superstar, der Blitzaufsteiger, vor zwei Jahren noch irgendwo unten im Nichts, dessen Ideen immer die besseren waren, der mit gewalttätiger Intelligenz seine Vorstellungen durchsetzte und Schneisen von Gezähmten und Gedemütigten hinter sich ließ. Ackerman, der Spieler, der eines Tages zu hoch spielen und verlieren würde, der Dollbohrer, der von der Muttergesellschaft überall dort eingesetzt wurde, wo es brenzlig wurde. Und von seinem Zwanzigstundentag verbrachte er angeblich zwei Stunden täglich im Puff oder sonstwo beim Ficken. Niemand kannte so recht seinen Status. Aber seine Macht mußte beträchtlich sein. Grinsendes Schieben des Kaugummis und mit einem absichtlich und betont müden und schwachen Heben des rechten Unterarms quetschte er, während er zwischen Brian und mir hin- und hersah, sein «Hi» durch das makellose Gebiß. Aus seinen Eisaugen meinte ich zu hören: ich weiß Bescheid, du Nutte.

Hier ist der Stuhl, hörte ich meinen Chef sagen. Wie sollte ich da hinkommen auf meinen wackeligen Holzstöckchen. Er hatte ihn neben seinen Sessel gestellt, und der war auf der anderen Seite des Tisches. Hätte ich mir den Stuhl nur selber geholt, dann wäre ich jetzt schon in Sicherheit. Aber der mußte ja immer Höflichkeit demonstrieren, wenn andere dabei waren. Und außerdem war ja auch Brian dazwischengekommen. Was soll's. Ich werde schon hinkommen.

Nachdem ich Ackerman zugenickt hatte, brachte ich die notwendige Drehung zu Ende und setzte mich in Bewegung. Vorbei an der Rückseite von zwei Sesseln, deren Insassen ich irgendwo schon registriert hatte, ohne mich näher auf sie einzulassen.

Merkwürdig, wie man sich fühlen kann. Wie Holz zum Beispiel, ganz hart, Bewegungen ohne Mittelpunkt, außengesteuert, zerhackt, fremd. Holz von den Füßen aufwärts, mir war, als müßte ich mit den Händen meine verklemmten Kniegelenke bewegen, aber mein Kreuz, mein Nacken waren so steif, daß ich mich nicht hätte bücken können. Der Teppichboden milderte meinen hölzernen Gang, die wiedereinsetzenden Stimmen ließen das Klacken meiner Bewegungen nicht hörbar werden. Ich erreichte den Stuhl. Er stand zwischen dem Sessel meines Chefs und dem des Geschäftsführers, den ich vorher nur von hinten in Akten blätternd wahrgenommen hatte.

Die Sitzfläche des Stuhls war höher als die der Sessel, in denen die Männer saßen. Ihre Köpfe waren ungefähr in Höhe meiner Schultern:

der Stuhl präsentiert dich, sie müssen zu dir aufblicken, können dich betrachten wie ein Ausstellungsobjekt, du bist ihnen ausgeliefert, keine Möglichkeit mehr zum Verstecken, die Aussicht ist klar. –

Ich lehnte mich gegen die gerade harte Lehne, schlug die Beine so übereinander, daß die Unterschenkel eine elegante schräge Parallele bildeten, legte den Stenoblock auf den Schoß. Griff in die Haare. Jetzt eine Zigarette. Die Herren rauchten nach Belieben. Keiner beachtete mich. Die Glasplatte des Tisches verschwand fast unter Bergen von Papier, dazwischen Cognacgläser, halbgeleert oder leer, Aschenbecher, zwei leere Mineralwasserflaschen, Wassergläser, Zigarettenschachteln, Zigarrenkiste. Wenn die doch mal lüften würden. Das Holzgefühl hatte nachgelassen. Auf dem Stuhl fühlte ich mich wieder Fleisch werden.

Das Schwein war mit dem trockenen Knall des Bolzenschusses zur Seite auf den gepflasterten Hof geschlagen und bewegungslos liegengeblieben. Erst als der Schlachter zugestochen hatte, hatten die Beine zuckend ins Leere gestoßen, unsinniges, überflüssiges, längst überholtes Mühen. Die neue Wirklichkeit hieß Tod, hatte das Leben springen lassen aus dem Schnitt am Hals, dampfend war es zerflossen, rote Rinnsale, flächig verdünnt in heißen Güssen aus Wassereimern, reihenweise, zum Versickern gebracht, aber auch aufgefangen hellrotdick in gelber

Plastikwanne. Die Kinder hatten einen Halbkreis bildend ruhig zugeschaut. Nichts war geschehen. Nur der Ball war durch das offene Hoftor auf die abschüssige Straße gerollt. Die Kinder hatten hinter ihm herlaufen müssen. Zu Weihnachten frische Blutwurst.

Ich blätterte im Stenoblock, um eine leere Seite zu finden, auf der ich mit dem Stenogramm beginnen konnte. Einzelgespräche am Tisch. Mein Chef sprach mit Ackerman. Er schien entspannt, ruhig, so sah er aus, wenn er etwas erreicht hatte. Also doch ein Vertrag mit Ford. Ackerman überzeugt? Er hatte sich ganz meinem Chef zugewandt, Brian saß abseits im Windschatten der beiden, als habe er keinen Anteil an all dem, oder als habe er nichts anderes erwartet. Ich war gespannt auf das Protokoll.

«Ja, meine Herren, wir könnten jetzt das Ergebnis unseres Gesprächs fixieren . . .» Der Geschäftsführer räusperte sich, bevor er in seinem grauenvoll korrekten Englisch fortfuhr. «Aber vielleicht möchte vorher noch jemand eine Erfrischung, einen Kaffee vielleicht. Und etwas frische Luft täte uns wohl auch ganz gut . . .»

Ich fühlte seinen auffordernden Blick auf mich gerichtet. Natürlich. Kaffee und Frischluft waren ja meine Sache. Ich nickte lächelnd und stand auf, legte Block und Bleistifte auf den Stuhl. Im Rausgehen öffnete ich die Fenster.

Draußen im Vorzimmer war die Luft vergleichsweise kühl und frisch.

«Die wollen alle Kaffee.»

Die Peiter füllte ihren Automat, ich richtete fünf Tassen, Milch und Zucker auf einem Tablett her. Sie legte trockenes Gebäck auf einen Teller. Wir sprachen kaum. Das Telefon summte. Ich überlegte, ob ich wieder reingehen sollte, dann hätte sie den Kaffee servieren müssen. Vielleicht täte sie es gern. Aber es würde irgendwie nicht den Regeln entsprechen. Ich führte Protokoll, also mußte ich auch den Kaffee servieren. Sie öffnete die Tür für mich, als ich mit dem vollen Tablett wieder reinging. Diesmal kein Nebel, kein Holzgefühl, die Tassen auf dem Tablett klirrten nicht. Ich hatte Mühe, sie zwischen all die Papiere zu verteilen, sammelte leere Gläser und Flaschen ein.

«Thank you, thank you very much, thank you . . .»

«Danke schön.» Erst jetzt nahm ich Zander wahr, seine moosgrüne Stimme, hell schimmernd und weich auf der Oberfläche, in der Tiefe dunkel und spröde. Eine Stimme, die einmal Macht über mich besessen hatte, der ich nachgelaufen war, weil ich mir eingebildet hatte, ihr Zauber würde durch die Hände ihres Besitzers unter meine Haut strömen und uns feuchte Feste bereiten. Aber vergeblich hatte ich dann in dem massigen Körper, in den unzärtlichen Händen nach ihr gesucht. Schriller Bruch. Phantasiescherben. Kein gebrochenes Herz. Doch auch kein entgrenztes Schweben im moosigen Grün. Wieder das Gefühl, versagt zu haben, ich war's wieder mal, meine Erwartungen waren schuld, nicht diese Stimme, die mich alleingelassen hatte.

Zander hatte sich vorgebeugt, um seinen Kaffee zu nehmen. Unsere Köpfe stießen fast aneinander. Ich richtete mich erschrocken aus meiner gebückten Haltung auf und drehte mich in seine Richtung. Die Stimme fuhr mir noch immer in die Magengrube, ich merkte, wie sie sich von da ausbreitete, mir als Röte den Hals hinauf in die Ohren kroch, zwischen die Beine rutschte. Die Fenster müssen geschlossen werden, schnell. Sein Lächeln über der Kaffeetasse fiel mir in den Rücken, als ich mich abwandte, um zum Fenster zu gehen.

Dann saß ich endlich wieder auf meinem Stuhl. Die Luft war erfrischt. Sie tranken Kaffee. Hoffentlich würden sie bald zur Sache kommen. Ich hatte sogar ein Lächeln für Brian, der danach suchte.

Ackerman beherrschte den Raum. Ganz klar. Mein Chef ließ sich ganz auf ihn ein. Er war sehr unsicher gewesen, ob er Ackerman überzeugen konnte. Jetzt hatte er es offenbar geschafft. Sieg für ihn. Sieg über Ackerman. So sah es jedenfalls aus, so lag's in der Luft, stand meinem Chef im Gesicht. Was war mit Brian. Er schien kaum eine Rolle zu spielen. Jedenfalls war hier irgend etwas ohne ihn gelaufen, er wirkte wie ein Zuschauer. Zuschauer eines Kampfes, der unter der Oberfläche dieser zweckmäßigen Sachlichkeiten stattgefunden haben mußte, der nichts zu tun hatte mit Brian oder der Fertigung in Frankreich. Ackerman verlangte grundsätzlich Kampf, kannte nur Gegner, brauchte ständig das Gefühl, unschlagbar zu sein, und gewährte großzügig Siege, wenn es ihm notwendig schien, um der Sache willen oder um seinetwillen. Und heute hatte er meinem Chef einen Sieg gewährt. Dr. Groß war Champion geworden von Ackermans Gnaden. Ich wußte, was das für ihn hieß, was ein Nein von Ackerman heute für ihn bedeutet hätte. Das Scheitern seiner Pläne mit Brian hätte er verschmerzt, aber nicht das Scheitern seiner Bemühungen um ein Ja von Ackerman. Ich sah zu ihm hinüber, versuchte mitzuhören, was die beiden redeten. Die Bewegungen meines Chefs waren gelöst und selbstbewußt, er beugte sich zu Ackerman hinüber wie einer, der es sich leisten kann, großzügig zu sein. Er ließ sich nicht gehen bis zur Vertraulichkeit, seine Siegerpose war verpackt in Distanziertheit, ließ sich kaum wahrnehmen. Seine Frau würde es sicher gut haben heute abend. Vielleicht brachte er ihr Blumen mit oder lud sie zum Essen ein. In solcher Laune schien er, ein reich Beschenkter in Geberlaune. Wann fangen sie endlich mit diesem Diktat an. Eigentlich hätte mir ja jemand eine Zigarette anbieten können. Warum rufen sie einen immer, wenn es noch gar nicht so weit ist. Als ob ich sonst nichts zu tun hätte als hier rumzusitzen.

Du mußt dir mal überlegen, wieso sie überhaupt jemanden von euch für so ein Protokoll rufen, hatte Jürgen neulich gesagt. Warum nehmen sie denn kein Tonband und geben es hinterher einfach jemandem zum Abschreiben. Und zum Dolmetschen brauchen sie bestimmt niemanden, die können doch alle Englisch.

Aber ich bitte dich, Protokollführen hat eben Tradition, das war schon immer so, man macht es ganz gern, ist mal eine Abwechslung . . .

Aber von den technischen Möglichkeiten her ist es längst überflüssig, das mußt du doch zugeben. Also steckt etwas anderes dahinter.

Okay, steckt vielleicht was anderes dahinter. Ich weiß schon. Nicht die Arbeit der Frauen wollen sie, sondern sie selbst, ihren Sex. Eine Banalität ist das. Kriegst du geschenkt. Ich hab's ja auch inzwischen begriffen. Es ist eine Falle. Du hast es mir ja klargemacht. Und es ist die Wahrheit. Aber deine Wahrheit ist Gift. Sie macht nicht glücklich. Denn wer zieht schon die Konsequenzen aus ihr. Es gibt doch welche, die ihren Beruf wirklich gern haben. Guck doch die Peiter an, von der ich dir erzählt habe. Sag der mal was, probier nur mal, an die ranzukommen mit deinen Theorien. Die weiß auch, daß hinter allem etwas anderes steckt, irgendwo wissen das alle. Und wollen trotzdem nichts anderes.

Weil sie keinen Begriff dafür haben . . .

Aber ich, ich lerne langsam, Begriffe zu haben, zu begreifen. Und trotzdem: ich brauche es einfach für mein Selbstbewußtsein, oder weiß der Himmel für was, bestimmte Arbeiten machen zu dürfen, ja dürfen, Arbeiten, an die nun mal so was wie Prestige gekoppelt ist, die einem das Gefühl geben, jemand zu sein, auch wenn die Arbeit selbst nur Vorwand ist für das, was deiner Meinung nach dahintersteckt, es ist mir scheißegal, ehrlich gesagt, jedenfalls solange ich da drinstecke, da muß ich mich einfach anpassen, muß mich schließlich irgendwo auch einem Kampf stellen, kann nicht so tun, als würde das alles nur für die anderen gelten, als stünde ich da drüber, nein, ich stehe nicht darüber, ich bin mittendrin und es macht mir Spaß, mit der Peiter zu konkurrieren und auch mit diesen Männern zu kämpfen, ich kämpfe ja mit ihnen auch, ich laß mich ja nicht nur zum Objekt machen, so hilflos ist niemand, auch keine Sekretärin, irgendwo ist da immer auch ein bißchen Lust dabei, das begreifst du einfach nicht, es ist ja nicht die Lust nach diesen Schwänzen, sondern die Lust nach den Illusionen, die sie vielleicht vermitteln, Lust nach Betrug und Selbstbetrug, Suche nach irgendwas, was überhaupt keinen Namen hat. «Goldrausch» vielleicht, in dem die Frauen nach innen aufbrechen: die vergebliche Suche und die sich immer wiederholenden Enttäuschungen spielen sich ja nicht in den Bergen von Alaska ab. Namenlos, sagst du, bin ich für die. Aber wenn sie ihren Beziehungen keinen Namen geben können, bleiben sie selber doch auch namenlos, also was soll's, sie sind auch arme Säue, Opfer des Systems, das weißt du doch.

Ja, hatte Jürgen dann gesagt, aber es ist eben *ihr* System, nicht deins. Sie machen es, machen alles, machen dich . . .

Ich sah mich um in der Runde. Ist es so: sie schaffen das Bild von mir, das Gültigkeit hat, auch für mich. Ich trage ihre Gesetze in mir und sie wachen darüber, daß ich sie befolge, stellvertretend für alle anderen, die ihresgleichen sind. Mein Auf-sie-gerichtet-sein läßt keinen anderen Schluß zu: Ich bin Produkt dieser gemachten Männer.

Lieber Jürgen, nimm mich an die Hand und sag mir, was ich tun soll. Lesen, das Abitur nachmachen, die mittlere in eine volle Reife verwandeln. Vielleicht hast du recht. Ich glaube, ich werde es tun. Einen anderen Schreibtisch brauche ich. Was würde ich machen ohne dich.

Ich glaube dir. Muß an dich glauben und an die Möglichkeit einer wirklichen Alternative. Aber ich werde diese hier nicht so schnell loswerden, denn sie haben mich ja gemacht und sie werden mich besetzt halten, ich werde sie weiter mit mir rumschleppen müssen.

«Gentlemen, I think we could start with taking down the record now. Dr. Groß, would you please be kind enough . . .»

Mein Chef wird diktieren. Beruhigend. Wir verständigten uns mit einem kurzen Blick. Ich war froh, mich jetzt ganz auf ihn und das Diktat konzentrieren zu können. Es würde keine Schwierigkeiten geben. Wir waren ein gutes Team.

11

Das Stenographieren auf den Knien war mühsam gewesen. Eine gute halbe Stunde hatte das Diktat gedauert. Aber es würde nur eine Seite Text geben.

Mein Kreuz schmerzte, als ich langsam die beiden Treppen zum zweiten Stock hinunterging. Ich versuchte, mich ganz gerade aufzurichten, drückte die Schultern nach hinten, machte ein paar kreisende Bewegungen mit dem Kopf, es knackte und knirschte zwischen den Halswirbeln.

Das Treppenhaus war kühl. Die Stufen aus hellem Kunstmarmor gefährlich glatt poliert, die Rutschbremse in dem Poliermittel aber ziemlich zuverlässig, man brauchte gar nicht so vorsichtig zu gehen, Hochglanz mit Stumpfeffekt, phantastisch, zwei sich widersprechende Wirkungen in einem Mittel, die Entwicklung nähert sich der Quadratur des Kreises . . . Geräusche und Stimmen kamen aus unserem Gang. Mehrere Türen standen offen, es roch nach Kaffee. Noch eine gute Stunde bis Dienstschluß.

Ich möchte pünktlich weg heute, möchte einen langen Abend mit Jürgen haben, was machen wir, ich weiß ja, daß die Müdigkeit wieder zuschlagen wird, der Abend wird wieder gefressen werden von dem unwiderstehlichen Verlangen nach Schlaf, das ich dann wieder bekämpfen werde, ständig wehre ich den Schlaf ab und renne ihm hinterher, versäume ihn, um anderes nicht zu versäumen. Und die Bücher werden wieder aufgeschlagen – ungelesen im roten sanften Licht der Schreibtischlampe liegen. Wenigstens einmal werde ich mich kurz hinsetzen: das andere Schreibtischgefühl. Jürgen hat ihn für mich gekauft. Für lange stille Nachtstunden, bewegungslos, schlaflos, traumvoll. Und für Tage voller Ritte durch die Traumbilder, meine Wünsche die Sporen, ich setze sie wild ein. Abends am Schreibtisch träume ich mich durch den Himmel.

«Es wäre nett, wenn Sie das schnell noch für uns tippen könnten.» Also: weitermachen, keine Wunschproduktionen, noch nicht eingeholt von der Wirklichkeit der Alltage, Beeilung meine Dame, die Herren warten. Aber trotzdem erst mal eine Zigarette und eine Tasse Kaffee. Das mußte drin sein.

Den Kaffee gab es bei der Fürstin. «Da san S' ja scho, dös ging aber schnell.» Gudrun hatte eine Tasse vor sich. «Kommt der Boss etwa a scho?» «Nein, aber ich muß das gleich tippen und raufbringen. Erst brauch ich aber einen Kaffee und eine Zigarette. War was?»

Es sei nichts gewesen, ein paar Anrufe, sie habe alles notiert, einer privat für mich, meine Freundin Ika, sie sei heute nicht mehr erreichbar und werde sich wieder melden. «Wie geht's der eigentlich?»

Ich wußte es nicht. Seit die Abende mit Jürgen meine ganze freie Zeit beanspruchten, wußte ich nicht mehr, was Ika machte. Etwas hatte sich da verschoben, ich hatte nicht achtgegeben, es mußte wieder zurechtgerückt werden. Ich mußte zu ihr oder sie einladen. Jürgen mußte das einsehen. Ich würde ihm das klarmachen, auch wenn er sie nicht mag.

Ika wußte, was das heißt: Ausbruch. Hatte ihn hinter sich, war schon Nora geworden, aber *mit* Kindern, Mutter Nora, das Leugnen dieser entscheidenden Festschreibung war ihr nicht geglückt und der Kampf um die Kinder hatte sie nicht geschwächt, war fest eingefügt in ihren Kampf ums Leben und Überleben, war bedeutender Teil geworden ihres neuen Status, der da hieß: berufstätige Frau, geschieden, zwei Kinder. Warum ging sie Jürgen auf die Nerven. Sicher nicht nur, weil sie langsam und anhaltend redete, in wörtlicher Rede, wie er sagte: «dann habe ich gesagt», «dann hat er gesagt» und so weiter. Sie war stark, sie hatte niemanden gebraucht, war nicht gepackt worden, hatte selber zugepackt und sich davongemacht, kein Mann konnte sagen, sie verdanke ihm etwas. Das machte Jürgen Unbehagen, auch wenn er es nie zugeben würde. Hast du vielleicht Angst, ich könnte mich auch ohne dich davonmachen? Ich glaube nicht, daß du da etwas zu befürchten hast. Du wirst deine Rolle bei mir spielen können. Da bin ich ziemlich sicher. Ich bin nicht so stark wie Ika. Noch nicht.

Ich lief in mein Zimmer, um mir eine Zigarette zu holen. Als ich zurückkam, hatte Gudrun mir schon eine Tasse Kaffee eingeschenkt. Er war heiß und nicht zu schwach. Ich setzte mich zu Gudrun an den kleinen Besuchertisch der Fürstin. Die Türen standen offen.

Tiefe Züge aus der Zigarette. Ich lehnte mich auf dem Stuhl zurück, streckte die Beine nach vorn, schloß die Augen, ließ mich mit herunterhängenden Armen in einen plötzlichen Schwindel fallen. Gudrun und die Fürstin hatten angefangen, ihr Gespräch fortzusetzen. Ihre Stimmen und die Worte, die sie sagten, kreisten um mich, ohne mich zu erreichen, überließen mich mir selbst, stellten keine Ansprüche, enthielten keine Forderungen, erlaubten mir den Rückzug hinter die Kreisel meiner Schwäche. Ich lag in meinem Kinderbett und hörte die beruhigenden Geräusche der Erwachsenen durch die spaltbreit geöffneten Türen, Geräusche, die abdichten, nicht aufreißen. Alles war in Ordnung, ich konnte in den Schlaf tauchen. Nur die kreiselnde Dunkelheit hinter den Augenlidern müßte aufhören. Sie drückte Schweißperlen auf die Oberfläche der Haut und verursachte kalte Füße. Und mit kalten Füßen kann man nicht einschlafen. Vielleicht sollte ich die Augen lieber wieder öffnen, Licht wärmt ja. Aber die Lider waren so schwer und ich glaube auch zu dick.

Wenn ich die Augen öffne, bin ich noch verletzlicher. Hinter den Lidern ist Schutz. Denn ich bin hautlos, alles liegt bloß, ungehindert, ungefragt kann, muß alles in mich eindringen, die Verletzungen dieses Tages haben keinen Widerstand gefunden, man kann nicht mal von Berührung sprechen, vielleicht hat mein hautloser Körper sie sogar in sich eingesogen und ich kann nicht finden, wo eigentlich der Schmerz sitzt, er ist weich und vertraut und läßt sich schlecht ausmachen, weil ich mich nicht bewegen kann, ich müßte tanzen, mit offenen Augen den Schmerz tanzen, denn die Rhythmen des Schmerzes sind der einzige sichere Hinweis aufs Lebendigsein und der Schmerz ist besser als der kümmerliche Tod der Empfindungslosigkeit. Ah, das Kreisen hinter den Lidern läßt nach, ich brauche die Augen nicht zu öffnen. Es wäre auch zwecklos, denn die Bilder würden ins Leere projiziert, ich glaube nicht, daß sie irgendwo ankämen, mein Kopf ist leer, Vakuum, nichts.

Aber ich konnte gar nicht schlafen, das wußte ich, denn ich hing ja auf einem Stuhl und rauchte eine Zigarette und wollte noch einen Schluck Kaffee trinken und mir war schlecht, kotzübel, verdammt, ich hatte mich zu schnell fallen lassen, hätte die Spannung langsamer abbauen müssen. Das war schon der zweite Schweißanfall an diesem Tag, beim Mittagessen hatte ich es verbergen können, aber jetzt werden sie's merken.

«Wos is dann mit Eana los? Sie san ja ganz käsig, kommen S', sagen S' wos, is Eana schlecht, Fürstin, schauen S', sie ist ganz weiß, sagen S' halt was, wollen S' Wasser . . .?»

Doch, ich sah sogar etwas, als ich aus der Dunkelheit hinter den Lidern kroch. Gudruns besorgtes Gesicht dicht vor mir.

«Ach, mir ist schlecht. Mit meinem Kreislauf stimmt's nicht. Heute schon das zweite Mal. Ich muß mal zum Arzt.»

«Mei, wie Sie ausschaun . . . Tun S' amal die Zigarette weg und trinken S' den Café, das hilft, oder wollen S' lieber Wasser?»

«Nein, es geht schon, danke, ich trink den Kaffee, hat jemand einen Keks oder so was?»

Die Fürstin brachte ein trockenes Gebäck.

«Ich bleib noch einen Moment sitzen. Muß ja das Ding da noch tippen. Zum Glück ist bald Feierabend.»

«Machen S' doch ein paar Tag' krank. Fährt der Boss net amal weg?»

Ich wußte nicht, konnte die Anstrengung nicht aufbringen, mich an den Terminkalender zu erinnern.

«Ist ja auch Wurscht», meinte die Fürstin, «wenn Sie krank sind, sind Sie krank.»

«Ach was, ich bin nicht krank. Ich laß mir ein Mittel verschreiben.»

Blau machen. Mit Jürgen in den September fahren. Der Schwäche und dem Schweiß weglaufen, das Fließband stoppen. Vielleicht tu ich's. Warum gehe ich nicht sofort? Ich habe einen Schwächeanfall und kann heute nicht mehr arbeiten. Warum tu ich es nicht? Und für immer? Einfach nicht mehr wiederkommen. Keine Lust mehr. Basta. Mich in Jürgens große warme Hände legen. Doch doch, ich habe ja eine Haut, sie will geliebt werden, du sagst du liebst sie, also gibt es sie und sie kann mir auch Schutz sein, wenn sie geliebt wird. Was meinst du: geht dies über uns hinaus? Ist es verallgemeinerungsfähig? Oder ist das Reden über Hautzustände wirklich nur der Rückzug ins Private? Meindeine Haut: findest du sie unwichtiger als politische Ökonomie?

Der Kaffee hatte mir gutgetan.

«Ich geh jetzt, sonst schaff ich das nicht mehr.»

Gudrun wollte mit. «Lassen S' Eana doch von dena am Arsch lecka . . .»

Im Spiegel ein Gesicht wie schimmelige Milch.

«I bleib noch hier. Machen S' Eana frisch, i geh scho ans Telefon. Heut is eh nix los, zum Glück, mir stinkta, i bin miad, hoam mecht i . . .»

Ich ließ Wasser laufen, zog die Uhr aus, eiskalt über Hände und Unterarme, dann üppig aus den Händen ins Gesicht, Schläfen und Stirn, Achtung aufs Augenmake-up, den Nacken feucht-kalt reiben.

«Wollen wir nicht mal wieder in die Sauna gehn – morgen?»

Gudrun schwang sich auf meinem Drehstuhl hin und her.

«Wär dringend nötig. Aber Sie mit Eanan Kreislauf . . .»

«Ach was, das tut dem gut, ich hab ja zu niedrigen Blutdruck, nicht zu hohen.»

«Ja nachher gänga ma do morgn.»

Das Telefon läutete. «Naa, niemand do. Heit nimmer, die san oben. Rufen S' morgn wiada, dös reicht aa no für Eana, Sie Schwob Sie. Is eh glei Feierabend, pfüa Gott . . .»

Sie streckte lachend die Zunge raus.

«Was hat er gesagt?»

«I sollt net so frech sein und er wüßt doch, daß Sie da san.»

«Dann kommt er sicher gleich rüber.»

Wir waren uns wortlos einig, daß uns das nicht zu erschüttern brauchte, denn Herr Schanz würde sich nicht beschweren, kein Wort darüber verlieren.

Nach dem Abtrocknen das Gesicht klopfen, Creme und Make-up drauf und Rouge auf die Backen.

«Etzat . . . Schauen S' wiada was glei. Na kenna ma richtig quatschen morgen in der Sauna und ein Häutchen werd'n wir hab'n!» Sie verfiel ins Hochdeutsche vor Begeisterung und tätschelte sich die Backen.

«Sie wollten mir doch was erzählen!»

«Dös mach' ma morgn, na hamma Zeit.»

«Sagen S' wenigstens ein Stichwort.»

Sie zappelte auf dem Stuhl und ich wußte, sie platzte vor Begierde, mir ihre Neuigkeit mitzuteilen.

«Also hören S', aber Sie wissen scho, i sag's nur Eana: der Helmut möcht heiraten. Mir woin ein Kind.»

Nachdem Gudrun gegangen war, setzte ich mich an die Maschine, um das Protokoll zu tippen. Es war fast halb fünf geworden. Mein Chef wird sich wundern, daß ich so lange brauchte. Aber ich konnte Telefonate als Entschuldigung angeben. Wieso Entschuldigung, er würde ja nichts sagen, nach den Erfolgen dieses Tages brauchte er sicher kein Ventil mehr, würde großzügig gutgelaunt an nichts anderes denken.

Das Stenogramm war schlecht, teilweise kaum zu lesen. Da der Text des Protokolls während des Diktats mehrmals wiederholt und korrigiert worden war, hatte ich ihn ganz gut im Kopf. Ich beschloß, ihn erst einmal runterzutippen.

Ich war wohl doch nicht so konzentriert gewesen während des

Diktats. Es hatte lange Pausen gegeben, in denen um den Wortlaut gefeilscht worden war.

Das Tippen fiel mir jetzt nicht leicht. Das zerstückelte, schwer zu entwirrende und noch dazu englische Stenogramm wollte nicht als Perlenschnur aufs Papier rinnen. Meine Maschine und ich waren keine Einheit mehr, sie ging mir auf die Nerven, wir sollten uns so schnell als möglich aus dem Weg gehen heute, nur noch das Nötigste, ich mußte sie dazu bringen, wenigstens noch den Text fehlerfrei ins Reine zu schreiben. Also mußte ich mich überwinden und noch eine Viertelstunde gut zu ihr sein.

Telefon. Wer wollte denn um diese Zeit noch was. Der Vogel fragte nach dem Chef und wie die Sitzung verlaufen sei.

«Der ist oben und ich muß das Protokoll tippen. Ist ganz gut gegangen. Ich ruf Sie nachher an, wenn ich fertig bin. Sie sind ja sicher noch im Haus.»

Ja, er warte auf meinen Anruf. «Und fragen Sie den Chef bitte, ob er mich noch braucht.»

Aufschreiben: Vogel anrufen, sonst vergeß ich's und er sitzt morgen früh noch hier in der Hoffnung, gebraucht zu werden. Der Schanz war bis jetzt nicht gekommen.

Nacken und Rücken taten weh. Das Licht aus der Neonröhre fiel gleichmäßig grell in alle Winkel des Raumes, machte ihn/mich schattenlos leer. Auch die grauen Karos in den Vorhanggittern schienen ausgebleicht, das Licht von außen kam nicht mehr an gegen die Neonröhre, die Vorhänge bildeten eine fast undurchsichtige weißwürfelige Faltenwand. Ich müßte mal lüften. Als ich das Fenster öffnete, schien es schon eine Zeitlang geregnet zu haben, mehr Niesel als Regen, mit Nebel vermischt, der graue Himmel hatte sich also doch noch zu etwas entschlossen. Daher die Düsternis. Auch das noch. Und dann nachher mit der Straßenbahn . . . Aber mein Chef wird sich freuen, für seinen Garten.

Es dauerte fast eine Viertelstunde, bis ich den Text des Protokolls auseinandergedröselt und getippt hatte. Hoffentlich kam keine Störung mehr. Ich war nervös, wollte die Sache hinter mich bringen, sie mußte fehlerfrei sein, das kostete Mühe, ein Tippfehler würde alles zum Scheitern bringen, ich hatte nicht mehr die Energie, das Zeug mehrmals zu tippen, und mit Tipp-

Ex konnte ich nur das Original ausbessern, auf den Durchschlägen müßte ich radieren, das ging auf keinen Fall, da sie den Herren als Quasi-Originale dienten. Also Ruhe und höchste Konzentration. Komm liebe Maschine, sei heute noch einmal gut zu mir und zeig mir, daß ich gut bin. Auch wenn ich eigentlich die Nase voll habe von dir und dem ganzen Kram. Ich hoffe, du merkst es nicht, ich will mich bemühen, es zu verbergen. Wir können doch noch einen letzten kleinen Höhepunkt heute gebrauchen, dann decke ich dich befriedigt zu und kehre dir den Rücken.

Es ging. Langsam schlug ich Buchstaben für Buchstaben an, versuchte gleichmäßige Gelassenheit in die Finger zu kriegen. Die Maschine machte mit, meine Anstrengung schien sie zu überzeugen. Kein Anruf unterbrach uns. Auch das leichte Zittern der Hände in der letzten Zeile nahm sie verständnisvoll, machte keinen Versuch, mir eins auszuwischen. Nach knapp zehn Minuten konnte ich die Bögen fehlerfrei getippt ausspannen, in eine Unterschriftenmappe legen und nach oben bringen. Der Wille zur Perfektion hatte doch noch einmal gesiegt.

Ich bat die Peiter, die das Protokoll den Herren reinzutragen hatte, meinen Chef zu fragen, ob er mich noch brauche. Es war kurz nach fünf, in zehn Minuten war Schluß. Die anderen rüsteten jetzt schon fürs Heimgehen. Bei der Peiter sah es noch nicht danach aus. Ob sie heute wohl gerne länger bleibt, wer weiß, vielleicht läuft was für sie heute abend. Mit Brian?

Der fiese Ackerman wird's doch wohl nicht sein. Ich würde es ja erfahren, von meinem Chef, denn der müßte ja dabei sein, wenn noch was los wäre. Macht es mir was aus, daß ich nicht gefragt wurde, ob ich Zeit hätte? Doch, doch, es macht mir was aus, ich möchte gefragt werden, wenn auch nur, um nein zu sagen. Ich möchte beachtet, belohnt werden, ich habe das Protokoll gemacht, eigentlich müssen sie mich fragen, ich werde schlechte Laune haben, wenn sie mich übergehen. Hoffentlich kann ich mit Jürgen darüber reden.

Die Peiter lächelte, als sie zurückkam.

«Sie möchten auf ihn warten. Es dauert nicht mehr lange.»

Auf meinem Schreibtisch lag der Zettel: «Vogel anrufen.» Ich hatte vergessen zu fragen, ob er noch gebraucht würde.

Ich wählte seine Nummer.

«Ich habe den Chef nicht sprechen können. Aber ich glaube, es wird noch was dauern. Sie brauchen sicher nicht zu warten.» Ich log, um ihn zu ärgern.

«Ach, ich habe sowieso noch zu tun und bleib ein Weilchen da. Falls er nach mir fragt – ich bin in meinem Zimmer.»

Er wird schon nicht nach dir fragen, du Arsch, dafür sorge ich.

Ich ließ mich auf meinen Drehstuhl fallen, griff mir eine Zigarette und betrachtete meinen Schreibtisch. Was sollte ich jetzt noch anfangen? Keine Lust mehr. Bloß nicht mehr tippen. Telefonate? Ging auch nicht mehr. Ablage? Scheiße. Aufräumen, Maschine zudecken, aber das sah nach Verweigerung aus, als gäbe es nichts mehr zu tun, es gibt immer etwas zu tun, auch nach Dienstschluß, auch wenn man nur noch da sitzt, um auf jemanden zu warten, die Zeit kann immer genutzt werden . . .

Wie sehe ich aus. Ich brauche frische Luft. Wann ist Wochenende. Endlich rausfahren zum kleinen See, wo über dem gelben Uferschilf und den runden Hügeln ganz weit hinten blaugraue Zacken zu sehen sind, wenn wir Glück haben und Föhn. Ich ging zum Waschbecken und beugte mich dicht vor den Spiegel. Stand mir der Tag im Gesicht? Trug es die Spuren der Arbeit dieses Tages? Nicht nur dieses Tages, all der Tage vor diesem, all der verflossenen Alltage, Fließbandspuren? ich sah nur relative Glätte, Blässe, nichts, was Spur hätte sein können von diesem Tag oder anderen. Mein Gesicht trug nur die Spuren der Arbeit, die ich darauf verwandte, die Spuren der Arbeit zu tilgen.

Spurloses Gesicht, spurlose Arbeit, spurlose Tage, verlorenes Subjekt, vergessen bald, nicht mehr zu finden, irgendwann einmal ein altes Gesicht ohne Spuren, nur Leere, verlorenes Leben, vergessen bald, keine Spuren hinterlassend, nur Leere . . .

Ich möchte im Alter ein volles Gesicht haben, ein Gesicht voller Spuren von Arbeit, die ich liebe. Ich muß eine Arbeit finden, deren Spuren ich in meinem Gesicht finden möchte. Vielleicht könnte ich es dann doch noch lieben.

Die Sirene tutete. Schluß. Siebzehn Uhr fünfzehn. Fast im selben Moment klopfte es, Gudrun sah herein. Ob ich pünktlich gehn könne. «Nein, ich muß warten, bis er kommt.» «Lassen S' Eana bloß nix mehr andrehn und sagen S' eam, daß Eana net gut is. Denken S' an die Sauna morgn. Die Fürstin wurschtelt aa no umanand, wird wiada nicht fertig, die Frau . . . Also pfüet Eana!»

Ich könnte Jürgen anrufen und ihm sagen, daß ich etwas später komme. Oder lieber nicht, er wird wieder fragen, ob das nötig ist und ich kann es ihm wieder nicht erklären, er hat ja recht, es ist nicht nötig, auch wenn es nötig ist, solange ich hier arbeite, weil ich nicht den Mut habe zu den kleinen Schritten, den mühsamen, nur den großen Schritt vielleicht wagen werde, einen einzigen großen. Vielleicht dauert es ja nicht mal zehn Minuten, bis er kommt, und dann kann ich gleich gehen und kann Jürgen sagen, die Straßenbahn ist später gekommen. Hoffentlich hat er was Anständiges zum Essen da. Und hoffentlich kommt niemand vorbei heute abend. Ich kann heute keine Diskussion mehr vertragen. Es ist fast immer dasselbe: sie beziehen mich nicht ein, sie sind zu wach, ihr stundenlanges Gerede schließt mich aus, ich schlafe dabei ein, weil ich seit sechs Uhr auf den Beinen bin und weil ich nicht mitreden kann, und sie reden weiter, weil es sie nicht stört, daß ich nicht mitreden kann, Jürgen bedauert das, aber er meint, er kann es nicht ändern. Ich will mit Jürgen allein sein und über mich reden.

Der Alltag hockte mir auf den Schultern. Es war mühsam, sie gegen ihn aufzurichten. Im Block waren noch etliche Seiten Stenogramm, aber es war mir egal jetzt. Ich ging vom Waschbecken zum Schreibtisch, um auch dort die Spuren dieses Tages und meiner Arbeit zu entfernen und ihm ein neutrales Gesicht zu geben. Ich drückte die zu Ende gerauchte Zigarette aus und entdeckte an meinem linken Bein eine Laufmasche. Sie lief seitlich über den äußeren Knöchel die Wade hoch und verschwand unter dem Rock. Jedenfalls stellte ich mir vor, daß sie so lief, von unten nach oben, und nicht umgekehrt.

Leises Summen der Neonröhre an der Decke. Der Lärm der pünktlich durch die Gänge Eilenden war bereits verklungen. Merkwürdig, wie schnell ein so großes Haus still werden kann und wie anders diese Stille jetzt ist als heute mittag beispielsweise, oder ist es nur meine veränderte Wahrnehmung, weil ich weiß, das Haus ist leer. Es regnete heftiger, ich konnte das Aufschlagen der Tropfen hören. Irgendwo klappte eine Tür. Vielleicht ist es sogar gut, noch etwas länger bleiben zu müssen. Bei dem Wetter wird mein Chef mich sicherlich nach Hause fahren.

Den ganzen Tag hat der Wind getobt unter einem träge daliegenden Winterhimmel. Stundenlang habe ich vom Schreibtisch aus seiner verschwommenen Umarmung mit dem Horizont zusehen müssen, mißmutig, denn das Schreiben braucht einen leichten Himmel. Jetzt, gegen Abend endlich, schämt sich der Himmel wohl, den Bemühungen des Sturms, an seiner aufgedunsenen Selbstgefälligkeit zu rütteln, so lange widerstanden zu haben. Er entschließt sich doch noch zur Trennung vom Horizont, erhebt sich, geschmückt mit den Konturen der in der Ferne sichtbar werdenden Hügel, läßt sich mitreißen von den Verlockungen des Sturms, vorm Verlöschen noch ein schillerndes Kleid anzulegen und einen wilden Tanz zu wagen. Ich täusche mich nicht: er gerät in Leidenschaft, geht immer wilder auf die verführerischen Bewegungen ein. Nichts mehr von sturer Trägheit, von Sichhängenlassen und grauer Undurchdringlichkeit. Wolkengefieder wirbelt ins Blau, bleibt da irgendwo hängen zwischen Unendlichkeit und Nähe, ausgeliefert der untergehenden Sonne, die sich erlaubt, dieses strahlende Silber wahrhaftig mit roten und türkisfarbenen Rändern zu bemalen. Aber wer könnte ihr widerstehen. Sie zwingt alles unter ihren Zauber: verbündet mit dem Wind, macht sie das magische Spiel mit Farben und Formen zu einem festlichen Kampf zwischen Untergang und Hoffnung.

Ich öffne die Balkontür. Hoch über den schwarzen Filigransilhouetten von nahem blattlosem Geäst kreisen drei Raubvögel. Ihre langgezogenen hellen Schreie erreichen mich mit dem Wind. Wolken schießen auf mich zu, in mein Zimmer, erfassen mich, gleich werde ich eine von ihnen sein, gestaltlos über alle Grenzen fliegen. Ich beuge mich weit hinaus, atme tief in die kalte Luft.

Doch der Wind erfaßt nur die losen Blätter auf meinem Schreibtisch, wirbelt sie durchs Zimmer, läßt sie irgendwo hinfallen, innerhalb weniger Sekunden ist mein Schreibtisch fast leergefegt. Ich schließe schnell die Tür, mache mich an die Wiederherstellung der Ordnung.

Meine Blätter. Die Blätter dieses Tages hebe ich auf. Haufenweise handgeschriebene Blätter. Nicht perfekt getippte Seiten, säuberlich geordnet in einer Mappe auf einem ordentlichen Schreibtisch. Unleserlich mit blauem Kugelschreiber beschrieben, eingerissen oder auch verdrückt bedecken sie den nicht abgestaubten Schreibtisch, aufgeschlagene und geschlossene Bücher und reichlich Krimskrams. Meine Blätter auf meinem Schreibtisch, der keine Festung mehr ist, an dem ich, wenn ich schreibe, den Rücken zum Zimmer habe, offen bin, verletzlich, nicht abwehrbereit. Wenn ich den Blick hebe, oftmals, fällt er durch die Zweige des Kirschbaums vor meinem Fenster auf gehügelte Weite, den Himmel und die Jahreszeiten darunter.

Die Sonne hat fast den Horizont erreicht, drängt dem Himmel jetzt ihr unvermeidliches Untergangsgoldrot auf, in dem dieser die Welt willig baden läßt. Ich bade mit, tauche mit dem ganzen Zimmer in die warme goldene Illusion, den Traum, in dem ich mich damals zu finden hoffte.

da bist du also in diesem moment von rosaroter gegenwart in deiner zukunft angekommen . . .

Unter den Stößen von beschriebenem Papier ziehe ich ein Buch hervor, schlage es auf und lese wieder diese unglaublichen Zeilen: «Sei gegrüßt, natürliche Begierde! Sei gegrüßt Glückseligkeit! Göttliche Glückseligkeit! Seid gegrüßt Freuden jeglicher Art! Blumen und Wein, wenngleich die einen verwelken und der andere vergiftet; und Ausflugsrückfahrscheine für zweieinhalb Schilling an Sonntagen und Kirchenlieder über den Tod, in einer dunklen Kapelle gesungen, und alles und jedes, was ein Unterbrechen und Übertäuben ist des Klapperns von Schreibmaschinen, des Ablegens von Geschäftsbriefen . . . Sei gegrüßt – oh, Glückseligkeit! – du von Ufer zu Ufer flitzender Eisvogel und jede Erfüllung natürlichen Verlangens, ob sie nun das ist, was romanschreibende Männer behaupten, oder nicht; oder ob Gebet; oder Entsagung; gegrüßt sei sie, in welcher Form immer sie kommt, und mögen ihrer noch mehr Formen und noch seltsamere sein! Denn dunkel fließt der Strom mit seinem Schaum – wäre es doch nur wahr, wie der Reim andeutet, ‹gleich einem Traum› – doch glanzloser und schlimmer als das ist unser gewöhnliches Los, ohne Träume, sondern lebendig, selbstgefällig, geläufig, gewohnheitsmäßig unter Bäumen hinzufluten, deren Schatten von Olivgrün das Blau der entschwindenden Schwinge des Vogels ertränkt, wenn er plötzlich von Ufer zu Ufer flitzt.» (Virginia Woolf, Orlando)

Wie lächerlich, muß ich gestehn, wie unsagbar töricht, eine Masse von Blättern vollzuschreiben über eine Sache, die man in einem Absatz wie diesem zusammenfassen kann. Könnte. Was nutzt dem Spatz seine Sehnsucht, eine Nachtigall zu sein, denke ich. Niemals wird sie ihm erfüllt werden, aber er hat wenigstens die Lust, sie zu haben.

Die Sonne hat ihr Gold mit hinter den Horizont genommen, ein milchiges Graublau bringt Himmel und Landschaft einander wieder näher, läßt noch die steigenden Nebel aufleuchten. In Kürze wird alles in Schwarz vereint sein. Ich knipse die Schreibtischlampe an, nehme eine Zigarette. Gleich wird die Familie kommen, ich werde Abendessen machen und Achim wird sich zwei Stunden lang von mir ins Bett bringen lassen. Weniger Zeit wäre nicht ausreichend für all das Küssen, Reden, Toben, Schimpfen, Plärren, das jeden Abend in sie reingestopft werden muß. Auf dieses laute Stück Leben kann ich ebensowenig verzichten wie auf die Stille von Nachtstunden unter der roten Lampe, einer Stille voll von Lauten, die sie braucht, um lebendig zu sein. Aber es ist sehr gut möglich, daß ich nach dem Abendessen und dem Zubettbringen heute gar keine Lust mehr habe, mich in die Stille zu setzen.

und daß dort blätter unbedingt darauf warten, vollgeschrieben zu werden, ist eine träumerei, mit der du dir schon wieder ein stück zukunft in die gegenwart mogelst. denn die behauptung, du schriebest diese blätter nur für dich voll, ist längst brüchig geworden. nun sitzt du, von der zukunft ungeschützt, in dieser gegenwart und hoffst, daß sich jemand in deinen blättern wiederfindet.

Dahinten am Horizont blüht doch noch ein ganz schmales, schwarzblau gezacktes Rot. Die Anstrengungen des Abendhimmels, diese überhitzte Schönheit, die sich sofort wieder davonmacht, wenn man sich gerade auf sie eingelassen hat: ich will ihrem Rückzug noch ein wenig zusehen.

Das Haus ist still. Ich schließe die Augen, höre auf der nahen Hauptstraße die Autos schnell vorbeifahren, ein beinahe regelmäßig zischendes Stakkato, nur hin und wieder eine etwas längere Pause, wie jeden Abend um diese Zeit, wenn die Leute von der Arbeit nach Hause kommen. Beim Nachbarn bereiten sie das Füttern und Melken des Viehs vor. Das Scheppern der Kannen und Geräte auf dem alten Pflaster des engen Hofes, die Stimmen, alle Geräusche und Gerüche dieser harten Arbeit, von der allein sie nicht leben können, beute ich heute abend wieder aus: ich mache sie zur Atmosphäre, mit der ich mir ein Gefühl von Geborgenheit und Ruhe herstelle.

Auf der Balkonbrüstung sehe ich jetzt die Umrisse einer sitzenden Katze, eine Schattenfigur, tiefschwarz, bewegungslos gegen den noch immer nicht erloschenen Himmel. Mein Kater. Ich kann seine Augen nicht erkennen, die bernsteinfarbenen, aber ich weiß, er sieht mich an und wartet, daß ich ihn hereinlasse. Also werde ich wohl aufstehen müssen.

Sarah Kirsch
Die Pantherfrau
Fünf Frauen in der DDR (4216)

Liv Køltzow
Die Geschichte des Mädchens Eli
Roman (4323)

Violette Leduc
Die Bastardin
Vorwort von Simone de Beauvoir (4179)

Aïcha Lemsine
Die Entpuppung
Ein Entwicklungsroman (4402)

Doris Lessing
Der Sommer vor der Dunkelheit
Roman (4170)

Vilma Link
Vorzimmer *(4382)*

Lizzy Sara May
Vater und Tochter
(4244)

Blanche McCrary Boyd
Trauer über den Tod der Magie *(4480)*

Margaret Mead
Brombeerblüten im Winter
Ein befreites Leben (4226)

Mein Vater
Frauen erzählen vom ersten Mann ihres Lebens (4357)

Isabel Miller
Patience & Sarah
Roman (4152)

Herdis Møllchave
Le und die Knotenmänner
Roman (4689)
(Februar 1981)

Toni Morrison
Sehr blaue Augen
Roman (4392)

Helma Sanders-Brahms
Deutschland, bleiche Mutter. *Filmerzählung (4453)*

Emma Santos
Ich habe Emma S. getötet *(4161)*

Herrad Schenk
Abrechnung *(4424)*

Cornelia Schmalz-Jacobsen
Klimawechsel
Berichte aus dem politischen Parterre (4713) (April 1981)

Victoria Thérame
Die Taxifahrerin
(4235)

Märta Tikkanen
Wie vergewaltige ich einen Mann? *(4581)*

Die Liebesgeschichte des Jahrhunderts
(4701) (März 1981)

Esther Tusquets
Aller Sommer Meer
(4519) (Januar '81)

Maria Wimmer
Die Kindheit auf dem Lande
(4291)

ro ro ro

985/3–3a